Tucholsky Wagner Zola Scott Sydow Fonatne Freud Schlegel
Turgenev Wallace
Twain Walther von der Vogelweide Fouqué Friedrich II. von Preußen
Weber Freiligrath
Kant Ernst Frey
Fechner Fichte Weiße Rose von Fallersleben Richthofen Frommel
Hölderlin
Engels Fielding Eichendorff Tacitus Dumas
Fehrs Faber Flaubert
Eliasberg Ebner Eschenbach
Maximilian I. von Habsburg Fock Zweig
Feuerbach Ewald Eliot Vergil
Goethe London
Elisabeth von Österreich
Mendelssohn Balzac Shakespeare
Dostojewski Ganghofer
Lichtenberg Rathenau
Trackl Stevenson Doyle Gjellerup
Hambruch
Mommsen Tolstoi Lenz
Thoma Hanrieder Droste-Hülshoff
von Arnim
Dach Verne Hägele Hauff Humboldt
Reuter
Karrillon Rousseau Hagen Hauptmann
Garschin Gautier
Defoe Baudelaire
Damaschke Hebbel
Descartes
Hegel Kussmaul Herder
Wolfram von Eschenbach Schopenhauer
Dickens
Darwin Rilke George
Bronner Melville Grimm Jerome
Bebel
Campe Horváth Aristoteles Proust
Voltaire Federer
Bismarck Vigny Barlach Herodot
Gengenbach Heine
Storm Casanova Tersteegen Grillparzer Georgy
Lessing Gilm
Chamberlain Langbein Gryphius
Brentano
Lafontaine
Strachwitz Claudius Schiller Kralik Iffland Sokrates
Bellamy Schilling
Katharina II. von Rußland
Gerstäcker Raabe Gibbon Tschechow
Löns Hesse Hoffmann Gogol Wilde Vulpius
Gleim
Luther Heym Hofmannsthal Morgenstern
Klee Hölty
Roth Heyse Klopstock Kleist Goedicke
Homer
Luxemburg Puschkin Mörike
La Roche Horaz Musil
Machiavelli
Kierkegaard Kraft Kraus
Navarra Aurel Musset
Lamprecht Kind Kirchhoff Hugo Moltke
Nestroy Marie de France
Laotse Ipsen Liebknecht
Nietzsche Nansen
Marx Ringelnatz
Lassalle Gorki Klett
von Ossietzky Leibniz
May
vom Stein Lawrence Irving
Petalozzi
Platon Knigge
Pückler Michelangelo Kafka
Sachs Poe Kock
Liebermann
Korolenko
de Sade Praetorius Mistral Zetkin

Der Verlag tredition aus Hamburg veröffentlicht in der Reihe **TREDITION CLASSICS** Werke aus mehr als zwei Jahrtausenden. Diese waren zu einem Großteil vergriffen oder nur noch antiquarisch erhältlich.

Symbolfigur für **TREDITION CLASSICS** ist Johannes Gutenberg (1400 — 1468), der Erfinder des Buchdrucks mit Metalllettern und der Druckerpresse.

Mit der Buchreihe **TREDITION CLASSICS** verfolgt tredition das Ziel, tausende Klassiker der Weltliteratur verschiedener Sprachen wieder als gedruckte Bücher aufzulegen – und das weltweit!

Die Buchreihe dient zur Bewahrung der Literatur und Förderung der Kultur. Sie trägt so dazu bei, dass viele tausend Werke nicht in Vergessenheit geraten.

Haushahn und Paradiesvogel

oder Die Gebirgsreise

Carl Wilhelm Salice Contessa

Impressum

Autor: Carl Wilhelm Salice Contessa
Umschlagkonzept: toepferschumann, Berlin

Verlag: tredition GmbH, Hamburg
ISBN: 978-3-8424-1290-3
Printed in Germany

Erstes Kapitel

»Ich glaube gar, Karoline, du schläfst ein!« rief der Professor.

»Ach nein«, gähnte seine Frau, »ich mache nur die Augen zu, hört sich so besser. Immer weiter! Es klingt recht schön.«

Der Professor las weiter:

»Da hatte der Verstand noch nicht geschieden,
was ewig eins aus einem Urquell stammt;
da war noch zwischen Kopf und Herzen Frieden,
kein Trieb der Brust vor dem Gesetz verdammt;
verstanden wurde noch die Schrift hienieden,
die goldnen Zuges durch den Äther flammt;
es nannten Mensch und Engel sich Genossen,
und Welt und Himmel war in eins verflossen.«

Auf dem Hofe draußen fingen die Hühner an zu gackern. Die Professorin stand auf und lief schnell hinaus, und als sie zurückkehrte, reichte sie ihm das weiße Ei in der weißen Hand entgegen. »Noch ganz warm!« rief sie.

»Wenn dein Paradiesvogel noch solche Eier legte!« Der Professor jedoch antwortete nicht darauf, sondern sah sie unwillig von der Seite an und fuhr fort:

»Doch als der Welt die Sünde ward geboren,
brennt aus dem Leben wilder Streit hervor;
selbst wider sich und die Natur verschworen,
häuft Götzen sich's aus Erdenkot empor,
und im Geräusch des Marktes schnell verloren,
verhallt die ew'ge Harmonie dem Ohr;
zerbrochen ist die goldne Himmelsleiter:
kein Engel naht dem Menschen als Begleiter!

Nur in der Dichtung dunkelklaren Träumen
blüht eine Ahnung jener alten Zeit,
nur in der Töne Kinderlallen keimen
verlorne Laute der Unendlichkeit,

und nieder steigt, gesandt aus Himmelsräumen
vom Vater, der zum Mittler sie geweiht,
die Liebe steigt herab den Erdensöhnen,
das Leben mit dem Himmel zu versöhnen.«

Hier wurde der Professor von neuem durch einen greulichen Lärm unterbrochen, der sich kreischend, flatternd, krähend und klappernd in dem Nebenzimmer erhob. Sehr erzürnt sprang er auf; Karoline folgte ihm. Welcher Anblick, als er die Tür öffnete! Der Haushahn, der wahrscheinlich der Professorin nachgelaufen war, jagte seinen Paradiesvogel – er war ein Geschenk von einem aus Indien zurückkehrenden Jugendfreunde, und der Professor hielt ihn als eine große Seltenheit sehr hoch – der Hahn jagte den Paradiesvogel mit hartnäckiger Wut in dem Zimmer umher. Der Gehetzte, dem die Professorin heimlich vor kurzem erst die Flügel verschnitten, flatterte ängstlich von Tisch zu Tisch und kehrte dabei mit den zwei langen Schwanzfedern alles, was sich darauf befand, an die Erde.

Der Professor stand erst eine Weile in sprachloser Erstarrung, dann aber ergriff er eine Elle, die ihm just zur Hand lag, und setzte dem Haushahn im höchsten Zorne nach. Seine Frau, nun ebenfalls für *ihren* Liebling besorgt, folgte ihm auf dem Fuße. »Mein Vogel!« schrie er. »Mein Hahn!« schrie sie. Bei dieser Jagd geriet der Paradiesvogel unter die Tassen, die auf der Kommode standen, und die Professorin schrie noch lauter, bald: »Meine Tassen!« bald »mein Hahn!« Der letztere aber benutzte den Waffenstillstand, welchen die fallenden Tassen seinem Feinde abdrangen, um die Höhe eines großen Kleiderspindes zu gewinnen, von wo er, trotzig mit den Flügeln schlagend, sein Siegeslied auf den Professor herabkrähte. Dieser griff seinen Vogel und brachte ihn schleunig in den Bauer zurück, welchem er entschlüpft war. Er warf dabei grimmige Blicke nach dem Hahn hinauf und fluchte ein wenig, aber ganz leise; denn je öfter er zugleich nach dem Unglück hinschaute, welches an der Erde, und nach seiner Frau, die daneben auf den Knien lag, in stiller Hast die Scherben auflesend, desto beträchtlicher kühlte sein Zorn sich ab und schwand zusammen.

»Noch heute soll mir das verwünschte Tier aus dem Hause!« rief die Professorin endlich und stand auf.

Der Professor stellte sich, mit einiger Bangigkeit, aber doch entschlossen vor die Tür des Vogelbauers.

»Was hab' ich davon? Nichts als Schaden!« fuhr sie fort. »Das ganze unnütze Vieh ist nicht so viel wert als die Tassen, die es mir wieder zerbrochen hat!«

»Zehntausend Taler bezahlen mir ihn nicht!« entgegnete der Professor gelassen. – Sie lachte laut auf: »Zehntausend Taler! Für *einen* hätte ich ihn längst verkauft, wenn sich nur ein Käufer dazu finden wollte. Schämen solltest du dich, solche unnütze Brotesser zu unterhalten, während wir kaum selbst das tägliche Brot haben! Kein Mensch will mehr deine Kollegia besuchen und –«

»Laß gut sein, mein Kind«, unterbrach er sie schnell, »die Sammlung meiner Gedichte liegt fertig im Manuskript. Nur das, wovon ich dir eben ein Bruchstück vorgelesen, soll noch hinzu. Sie werden und müssen Aufsehen erregen, und wir sind geborgen. Wenn ich nur erst einen Verleger dazu habe!«

»Den wirst du nimmer finden! Ja, wenn der Buchhändler das Gold ausmünzen könnte, womit du in deinen Gedichten so freigebig bist, dann wär' er freilich ein gemachter Mann; aber wer wird solche Makulatur kaufen wollen? Welcher Mensch liest heutzutage Gedichte?«

Der Professor hob den Kopf und blickte sie von der Seite an. »Makulatur!« rief er, »Makulatur!« und die helle Glut überlief sein Gesicht. »Doch wie möchte ich mit dir mich streiten! Seitdem unser Kind verlorenging, haben wir uns nie verstanden, und in entgegengesetzter Polarität weicht unser ganzes Leben auseinander.«

Er wollte mit diesen Worten stolz aus dem Zimmer schreiten, als die Tür sich öffnete und der Kammerrat Aber, ihr Nachbar, hereintrat. – »Ei, ei«, sprach er bedenklich, nachdem er Karolinen die Hand geküßt, »rote Gesichter, Zornfalten zwischen den Augenbrauen, beklemmter Atem! Was gibt's? Gott Hymen hat wieder einmal eins von seinen beliebten Pechkränzlein in die Wirtschaft geworfen? Das ganze Haus in Flammen? Wir wollen, löschen; bringen gute Nachricht.«

»Die müßte vom Himmel fallen!« sagte die Professorin. »Auf Erden wächst das Kraut nicht mehr für uns.«

»Der erste Teil kommt auch grade vom Himmel«, erwiderte der Kammerrat, »denn der liebe Gott hat unsern alten Professor der Geschichte diesen Morgen zu sich gerufen; der zweite Teil aber kommt wenigstens von oben, denn der Minister ist heut hier angelangt. Sie müssen nun, Wertgeschätzter, gleich morgen in aller Frühe ihm Ihre Aufwartung machen und ihn, als Kuratoren der Universität, um die erledigte Professur submissest angehen.«

Der Professor erblaßte. »Also meinen Sie wirklich, werter Freund – daß ich – zum Minister –«

»Allerdings meine ich!« rief jener. »Schnallenschuhe, seidne Strümpfe, Haarbeutel, Chapeaubas! Ich habe durch die dritte Hand schon wacker vorarbeiten lassen: die Stelle kann Ihnen nicht entgehen.«

Der Professor lief, während jener redete, ängstlich mit großen Schritten im Zimmer hin und wider. »Welchen Dank sind wir Ihnen schuldig!« sprach Karoline. Der Kammerrat ergriff mit einem langen, Dank begehrenden Blick ihre Hand und wollte sie zärtlich an seinen Mund ziehen; da schob sich plötzlich der Professor zwischen beide, drängte den Kammerrat von Karolinen hinweg, indem er ihn hastig, fast grimmig umarmte, und mit einem Tone, als spräch' er: Hole dich der Teufel! wiederholte er: »Welchen Dank sind wir Ihnen schuldig!«

Zweites Kapitel

Ein Fremder wurde gemeldet, der den Herrn Professor zu sprechen begehre.

Beinahe hätte Karoline laut aufgelacht, als die seltsame, kurze Figur auf ihren merklich ausgeschweiften, dünnen Beinen den ungeheuern Kopf ins Zimmer trug und, dem Professor einen Brief von einem Freunde in Upsal überreichend, sich mit rauher Stimme als Doktor Schachtheimer vorstellte. Sie mußte sich schnell abwenden und nach dem Fenster gehen; der kleine Doktor aber folgte ihr, begrüßte sie freundlich und bat, ein Paar Handschuhe von Asbest, als eine aus Schweden mitgebrachte Seltenheit, von ihm huldreichst anzunehmen. Dabei bemerkte sie, daß ihm mehrere kostbare Ringe an den kurzen dicken Fingern funkelten, auch mochten die hohen Knöpfe auf seinem erdfarbenen Kleide von massivem Golde sein.

Nachdem der Professor den Brief gelesen, näherte er sich dem Fremden mit sichtbarem Respekt, denselben ersuchend, sowohl über ihn selbst, als über alles, was in seinem Vermögen stehe, ganz nach Belieben zu schalten und zu walten.

Man setzte sich; das Gespräch wurde allgemein; der Fremde wußte es durch manche treffende Bemerkung und witzige Anekdote zu beleben. Als er sah, daß Karoline Anstalten zum Tee machte, bat er um Erlaubnis, mit einem Fläschchen echten Jamaika-Rum von ganz besondrer Tugend aufwarten zu dürfen, den er selbst kürzlich aus Westindien mitgebracht; und indem er seine Worte anbrachte, war er bemüht, dasselbe hervorzulangen, welches aber nur nach Beseitigung verschiedener Pflanzenbündel, Mineralien und einiger toten Feldmäuse und Frösche geschehen konnte, die sämtlich in seinen geräumigen Taschen Quartier gefunden hatten. »Meine heutige Jagdbeute!« lächelte er. »Man hat jederzeit sein Steckenpferd. Alleweile sitze ich auf der vergleichenden Anatomie.« – Der Hahn auf dem Kleiderschrank fing hier laut an zu krähen; der Paradiesvogel bewegte sich unruhig in seinem Bauer und schrillte auf eine sonderbare Art. – Endlich kam das Fläschchen zum Vorschein, aus dem reinsten Bergkristall sauber geschliffen. Die Professorin setzte das Teegeschirr auf den Tisch, nicht ohne einen zornigen Blick nach dem Paradiesvogel hinzusenden, welchen der Professor mit einem gleichen nach dem Hahn hinauf erwiderte. Der Geist des Jamaikaners, aus den dampfenden Tassen emporsteigend, verbreitete den lieblichsten Wohlgeruch. Der Doktor hatte nicht zuviel zu seinem Lobe gesagt. Mild erwärmend und erquickend ging er, ein wahrer Lebensgeist, durch alle Adern und setzte alle Nerven in die behaglichste Spannung. Der Kammerrat schwur, solchen Tee habe er nimmer getrunken, und rückte näher an seine schöne Nachbarin. Der Professor fing an, wenn das Gespräch die Gelegenheit herbeiführte, passende Stellen aus seinen Gedichten zu rezitieren; Karoline trällerte mit unter leise ein: »Blühe, liebes Veilchen«, oder »Weinet nicht, es ist vergebens« darein, und der kleine Doktor wußte noch durch manchen Scherz, den er dazwischenwarf, durch Erzählung seltsamer, ja wunderbarer Dinge und Begebenheiten, die er bald in Amerika und bald in Asien, bald in Ägypten und bald in Lappland, selbst gesehen und erlebt haben wollte, die allgemeine Behaglichkeit immer höher zu steigern.

»Ei tausend!« rief der Kammerrat. »Sie haben ja die ganze Welt durchlaufen. Und *cui bono*? *quem ad finem*? wenn man fragen darf? Haben Sie denn nun wirklich etwas gefunden, was all der Mühen und Strapazen wert wäre?«

»Suchen und nicht finden!« sagte der Professor. »Das ist das Motto unsers Erdenlebens.«

Der Doktor schwieg einen Augenblick.

»Wenn man«, hub er dann an, »wenn man das irdische Leben sich immer nur in Beziehung auf ein höheres, überirdisches denkt, wenn man der Phantasie erlaubt zum Staube zu sagen: Stehe auf und wandle! worauf er allerdings nicht hören will, und auf den Leib schilt, daß ihm keine Flügel gewachsen sind, wovor er nicht kann, dann haben Sie freilich recht: Suchen und nimmer finden! Denn die goldne Himmelsleiter ist längst zerbrochen, keine Engel steigen mehr auf und nieder, im Geräusch des Irdischen verhallt die ewige Harmonie, und in immer regem Streit mit dem Leben, in nimmer rastender Sehnsucht verzehrt sich des Menschen Herz.«

Die Professorin schaute ihren Mann lächelnd von der Seite an; dieser rückte, ein wenig betroffen, da er fast seine eigenen Worte wieder hörte, den Stuhl näher zum Tisch und horchte mit gespannter Aufmerksamkeit. Der Doktor fuhr fort: »Der Mensch aber, welcher verständig besonnen, die Grenzsteine anerkennend, die ihm überall gesetzt sind, sich und all sein Wollen und Tun auf die Erde beschränkt, die ihn geboren und erzogen, ein solcher dürfte wohl der Hoffnung leben, daß seinem ernstlichen Suchen auch diesseits noch ein Finden blühen müsse, und ganz eigentlich das Sprüchlein: ‚Wolle nur, so kannst du auch', als Motto vor sein Leben setzen. – Antäus gewinnt immer neue Kraft durch die Berührung der Mutter Erde, und nur indem seine Füße den Boden nicht fassen, hoch in den Lüften schwebend, kann sein Feind ihn töten.«

Ein seltsames Feuer loderte bei diesen Worten in seinen tiefliegenden Augen auf, so daß die Professorin seinen Blick nicht ertragen konnte. Indem sie aber sich von ihm wendete, kam ihr das Kristallfläschchen zu Gesicht; sie bemerkte, daß sein Inhalt, trotz allem fleißigen Zuspruch, sich immer noch nicht verringern zu wollen schien, und ein leises Grauen wandelte sie an vor dem unbekannten Gaste.

»Auch ich hoffe zu finden, was ich so lange suchte«, hub dieser von neuem an, »ja ich denke dem Ziel meines Strebens ganz nahe zu sein. Nicht umsonst bin ich zu euch gekommen!«

»Ei sagen Sie doch!« rief der Kammerrat. »Vielleicht ein verborgener Schatz! Bei uns? Wo? Wie? O ich bitte Sie, Werter, sprechen Sie! Lassen Sie uns auch daran teilnehmen! Die Zeiten sind gar zu schlecht, die Bedürfnisse wachsen einem stets höher an den Hals. Sprechen Sie, Teuerster!«

Der Doktor sprang auf: »Seht ihr dort, dort«, rief er – die andern wandten schnell die Köpfe nach dem Fenster, wohin er zeigte, aber sie sahen nichts als die pechfinstre Nacht draußen. »Seht ihr«, fuhr jener begeistert fort, »seht ihr der Berge fernen Zug, der dort am Horizont die blauen Wellen schlägt? Dorthin! Dorthin geht mein Weg! Vor euerm flachen Lande ekelt mir! Die Berge ziehen mich an mit Liebesarmen. Dorthin! Hinein! Hinab!« Er schwieg und warf sich in den Lehnstuhl zurück. Dem Kammerrat wurde ein wenig bange vor dem Begeisterten; der Professor fühlte sich im Innersten wunderbar angeregt. Keiner sprach, und nichts unterbrach die allgemeine Stille, als das Knistern der beiden Kerzen auf dem Tische.

»O ihr armen Menschlein«, begann der Doktor endlich wieder mit ruhigerer Stimme, »ihr Armseligen, denen die Berge nichts weiter sind, als Futterraufen für eure Kühe, Kräuterkasten für eure Apotheken, oder, falls ihr zur eleganten Welt gehört, Belvederes und Landschaftshintergründe für euern Augenkitzel geschaffen, wenn's hoch kommt, seltsame, mitunter etwas beschwerliche Launen der Natur! Wehet auch einmal einen von den Besten unter euch der Atem des Berggeistes aus den dunkelblauen Massen mit geheimnisvollen Schauern an, so weiß er nicht, was er mit seinem Gefühl anfangen soll, und möchte sich in der Verlegenheit lieber gleich daraufsetzen, um mit ihm gen Himmel zu reiten. Aber nicht hinaufwärts zieht dich die unbekannte Sehnsucht, hinabwärts ruft sie dich in den Schoß der Berge, tief in den Schoß der Erde. Es ist der liebenden Mutter leise Stimme, die den Sohn in ihre Arme lockt.«

Er holte seine Brieftasche hervor und blätterte suchend darin. »In mancherlei halb verklungenen und oft entstellten Sagen hat sich eine Ahnung der geheimnisvollen Natur der Berge erhalten. Auch von dem Gebirge hier in eurer Nähe scheint eine solche wenigstens bis in die Mitte des 17. Jahrhunderts hineingeklungen zu haben; jetzt aber ist sie gänzlich verschollen. In einem alten Manuskript, welches in der Bibliothek eines aufgehobenen Klosters gefunden ward, entdeckte ich ein merkwürdiges, darauf Bezug habendes Bruchstück aus einer Reisebeschreibung. Ich will es euch vorlesen, wenn ihr es hören wollt.«

Der Professor bezeigte sein Verlangen danach, Karoline verwahrte sich nur gegen alle Gespenstergeschichten, der Kammerrat stimmte ihr bei, indem er einige Worte zum Lobe der Aufklärung fallen ließ, und bat sich noch eine Tasse Tee aus.

Mit feierlichem Ernst zog der Doktor ein beschriebenes Papier aus der Brieftasche, entfaltete es, und hub an zu lesen:

Drittes Kapitel

»– – – So man nun immer weiter dem Fluß aufwärts entgegengeht, erhebt sich allgemach das Land umher in runden Hügeln und waldigen Bergen, die immer höher und höher heranwachsen, bis endlich einer mit seinem Gipfel alle andere überragt, wie ein König die Gaue umher beherrschend. Und will es unsereinem, der zeitlebens nichts gesehen als das flache Land und die weite See, gar wunderlich bedünken in diesem Gedränge, ja es wandelt einem im Anfang oft ein Bangen und ein Grausen an, man weiß nicht von wannen. Jedoch mag ich wohl sagen, wenn ich von einer Anhöhe auf die Berge hingeschaut, so sich grau in der Weite, grün in der Nähe zeigten, wozwischen die Wälder, Gründe und Täler, mit Sonnenschein und Schatten, blau, gelb und dunkelrot dahinliefen, ist es mir jedesmal recht frei und herrlich im Gemüte worden, es hat mir oft geschienen, als ob das ganze Land sich jauchzend und springend erheben wolle, und ich war voll Andacht.

Von diesem Gebirge nun hat mir ein gelehrter Mönch, mit dem ich oft und viel verkehret, einstmals, da die Rede darauf gekommen, eine Historie oder ein Märlein erzählt, welches ich mir, ob seiner Seltsamkeit, wohl gemerkt und bald darauf zu Papier gebracht habe.

Vor tausend und tausend und aber tausend Jahren – sprach er – war dieses Land von einem andern und bessern Menschengeschlechte bewohnt, so von der Erde selbst erzeugt und aus ihr aufgesprossen. Und weil die Erde damals noch in ihrer Jugend war und überfloß von der Zeugungskraft, die der Herr in sie gelegt, kam es, daß dieses Geschlecht sich von wundersamer Schönheit und Stärke erwies und von der Mutter Erde hoch auf zum Himmel, als zu seinem Vater, emporragte, also daß es uns Zwerglein zu jetziger Zeit wohl ein Volk von übermächtigen und ungeheuren Riesen bedünken möchte.

Alles was die Menschen heutzutage nur nach und nach mit sauerm Fleiß, schwerer Arbeit und mühseliger Rechnung herausgebracht, abgeteilt und in einzelne Kästlein aufgestapelt, so sie Wissenschaften nennen, der Lauf der Sonne, des Mondes und der Planeten, die Gestalt, Bewegung und Beschaffenheit der Erde, samt andern göttlichen und menschlichen Dingen, alles das war jenem Urgeschlecht wohlbekannt und gegenwärtig; allein sie hatten es nicht erlernt noch erworben, es war ihnen angeboren; sie wußten es, weil sie da waren, sie wußten es, weil sie lebten. Auch regierte kein Streit zwischen dem göttlichen Gesetz, das ihnen vom Himmel stammte und dem irdischen Verlangen in der aus Erd' und Leimen geformten Brust, und sie lebten darum auch untereinander in Frieden und kindlicher Eintracht. Der Krieg hatte sein blutiges Banner noch nicht aufgesteckt auf der jungfräulichen Erde; der König war nicht als der Treiber einer wilden Horde, sondern als der Vater einer friedlichen Familie anzuschauen; die große Fruchtbarkeit des Bodens gab ungezwungen jeglichem, was er zu seines Leibes Nahrung und Gedeihen brauchte, und keinem Gaumen gelüstete nach dem Fleisch der Tiere. Und also lebte dies Geschlecht, und trieb sein Wesen wohl manches Hundert Jahre.«

»Schön! Trefflich!« rief der Professor. Der Doktor nickte mit dem Kopf und fuhr fort:

»Wie nun aber auf dieser Welt, als welcher selbsten keine Ewigkeit zugemessen ward, alles des Wechsels Untertan und Leibeigner ist, so konnte auch dieser glückselige Zustand nicht immerdar bestehen. Und den allerersten Anstoß zur Veränderung sollen die Weiber gegeben haben, in welche durch den Willen des Herrn, sozusagen, der Sauerteig des Menschengeschlechts gelegt zu sein scheint, der das Gute gleichwie das Böse in selbigem erst zur Gärung, Entwickelung und vollkommenen Gestaltung bringt.«

»Ei, ei!« rief der Kammerrat, »der alte Herr ist nicht galant!« – »Und doch«, sprach Karoline, »möcht' ich im Namen meines Geschlechts mich für das Kompliment bedanken, wenn der Sauerteig nur nicht so häßlich klänge.«

Der Doktor verzog sein wunderliches Gesicht auf eine so wunderliche Art, daß man nicht wußte, ob er lachen oder weinen wollte, und las weiter:

»So ging denn nunmehro törichte Unzufriedenheit mit dem Alten und Guten und unruhiges Begehr nach Neuem und Besserem, schnöde Verachtung ursprünglicher Einfalt und unfriedliches Streben nach eitlem Gute in allen Gemütern allmählich auf. Der Eigennutz nahm seine Wohnstatt unter ihnen und ließ sein Gefolge, Neid,

Habsucht und Unverträglichkeit, nicht dahinten. Dem Bösen aber ist es eigen, daß es gleich einem wuchernden Unkraut, wenn es einmal Wurzel geschlagen, überall um sich greift, den Samen des Guten erstickt, wo er sich findet, und niemals stehen oder stocken bleibt, sondern immerfort wächst und treibt und in die Höhe schießt, sich selbst befruchtend bis ins Unendliche. Und darum geschah es auch, daß dieses Volk von geringem Anfang in gar kurzer Zeit zu völliger Verderbnis fortgeschritten, im Laster tief versunken war und sich in allen schändlichen Lüsten wälzte.

Da erschien endlich der Herr in einem Traumgesicht dem Könige, der allein unter seinem Volke sich rein erhalten hatte von der Sünde, und sprach zu ihm: ‚Dein Geschlecht ist reif zur Ernte; es soll verschwinden von der Erde und einem andern Platz machen. Und wenn der letzte deines Volks gefallen ist unter der Sichel, dann sollst auch du dich niederlegen zum langen Schlafe. Es wird aber eine Zeit kommen, da dieses Land nach manchem Wechsel ein weiseres und glückliches Geschlecht bewohnt, das sein Glück durch mancherlei Not und Trübsal erkauft und seine Weisheit aus Irrtum und Verderbnis erbeutet hat. Dann soll meine Stimme dich erwecken, und du sollst dich aufrichten aus deinem Grabe, noch einmal diese Fluren schauen und dann auf ewig eingehen in mein Reich.'

Als nun der König diese Worte vernommen, erwachte er und sprach: ‚Herr, dein Wille geschehe!' Darauf verhüllte er sein Haupt vor Betrübnis. – Und es geschah also, wie der Herr gesprochen. Denn er schickte ein Sterben unter das Volk, das Jung und Alt darniederschlug. Auf dem Fleck aber, wo einen des Todes Hand getroffen, da begruben ihn die andern alsogleich, trugen Erd' und Steine von dem nächsten großen Gebirge herbei und wälzten mächtige Felsen übereinander, so daß bald das ganze Land umher voll Grabhügel ward, groß und klein, je nachdem sie alt oder jung, vornehm oder gering bedeckten. Und als nun endlich auch den Söhnen und Töchtern des alten Königs ihr Stündlein kommen war, wölbte das Volk ihre Gräber gleichermaßen, und der alte König ließ auch sich und seinem Weibe das Grab bereiten mitten unter seinen Kindern, und das Volk türmte einen gewaltigen Berg auf über den Gewölben.

Als dieses geschehen, ward es allgemach immer stiller und einsamer im Lande und um den alten König her; denn der Tod rührte sich mächtig und eilte mit seiner Ernte, bis daß endlich niemand, niemand mehr um ihn war als sein Weib. Und da auch diese bald darauf die Augen geschlossen, trug er sie schweigend auf seinen Armen in ihr Grab und verwahrte den Eingang. Hierauf aber stieg er langsam auf die Höhe des Berges. Dort schaute er um sich und sah das Land, so weit sein Auge reichte, voll von den Gräbern seines Volks und seiner Lieben. Die Sonne, die eben zur Rüste ging, schien freundlich auf die Hügel; seine Brust ward voll Leides, und seine Blicke löschten aus in Tränen.

Wie er nun aber so des Vergangenen gedachte, stand alles so klar und lebendig vor seinem Geiste, daß es ihm mit einem Male deuchte, er habe nur in einem bösen Traum gelegen und seine Kinder seien nur weggegangen und müßten jetzo wiederkommen, und er rief: ‚Meine Kinder, meine Kinder, wo seid ihr, daß ich euch segne?' und horchte lange, ob er nicht ihre Stimme vernehme oder das Geräusch ihrer Tritte. Aber kein Laut des Lebens kam zu ihm herauf aus der Gräberwüste, die Sonne ging unter, der Nachtwind strich kühl und feucht an ihm vorüber und raschelte in den dürren, sparsamen Halmen neben ihm. Da senkte er sein Haupt zur Erde, fiel auf die Kniee nieder und verharrte lange also in Schweigen und Gebet. Dann aber erhub er sich, ging hinunter, wo der Eingang zu seinem Grabe war, trug alle seine Schätze und die Schriftrollen, auf welchen er die Geschichte seines Volks und einen Inbegriff seiner höhern Wissenschaft verzeichnet, in das Gewölbe, schritt dann freudig selbst hinein, und als er den Eingang von innen mit großen Felsstücken wohlverwahrt und versetzt hatte, legte er sich in dem stillen Kämmerlein zur Ruhe und entschlief.

Der Herr sandte darauf eine große Wasserflut, die jegliche Spur wegtilgte von dem gewesenen Geschlechte. Doch als die Wasser sich wieder verlaufen, lockte die Sonne neue Keime aus dem Boden, neue Kräuter wuchsen auf den Bergen, neue Blumen in den Gründen, neue Bäume streckten ihre grünen Kronen in die Lüfte, und überall war neues Leben. Da kam nun auch ein neues Geschlecht von Menschen, dem alten keineswegs vergleichlich weder an Größe, noch an Kraft, noch an Wissen; und die Zwerglein siedelten sich lustig an auf den Riesengräbern, führten den Pflug darüber, wo sie konnten, und klebten ihre Häuslein daran. Eine dunkle Sage aber erhielt sich unter ihnen von den alten Bewohnern, so daß sie noch heutigentages von den Riesen sprechen, die unter ihren Bergen begraben liegen.

Seitdem sind nun tausend und tausend und aber tausend Jahre vergangen, Not und Trübsal, Irrtum und Verderbnis sind oftmals dagewesen, ja sie hausieren alltäglich unter uns: das Glück und die Weisheit aber haben sich noch nicht zeigen wollen, und der alte König schläft noch immer!«

Der Doktor legte sein Papier zusammen und sah schweigend vor sich nieder. Auch bei den andern ward kein Wort laut; jeder nach seiner Art beschäftigten sich alle im stillen mit dem eben Vernommenen.

»Ich merke wohl, ich verstehe!« begann endlich der Kammerrat. »Der alte König soll das Gold bedeuten, den wahren König und Herrn der Welt, und das ganze Märchen will sagen, daß in unserm Gebirge ein ungeheurer Schatz desselben versteckt liege.«

»Ein Schatz«, rief der Doktor, »jawohl ein Schatz, wie ihn euer Verstand, ihr armen Menschlein, weder in seinem Wesen noch in seiner Größe zu fassen vermag! Die Wissenschaft aller irdischen Dinge, die Kenntnis selbst des Verborgensten, das echte, eigentliche Salz der Erde, und vor allem der Karfunkelring, in welchem das wahre Geheimnis der Welt, der Zaum und Zügel der widereinander streitenden Erd- und Himmelskräfte verwahrt ist.«

»Karfunkel, Karfunkelring!« unterbrach ihn der Kammerrat kopfschüttelnd mit einem feinen Lächeln.

»Wie kommen Sie auf den Karfunkel, Teuerster? Das ist ein anrüchiges Wort, womit man sich heutzutage nur lächerlich macht. Erzählen Sie uns lieber etwas von den veritablen Schätzen des alten Königs. Es spricht sich schon angenehm von Silberbarren, Goldstangen und Juwelen.«

»Ach!« seufzte Karoline, die lange still in sich versunken dagesessen hatte, »könnt' er mir nur mein verlornes Kind zurückgeben, ich begehrte nichts von allen seinen Schätzen, so arm ich auch bin.«

Der Professor reichte ihr seine Hand über den Tisch hinüber. Sie sah ihn an und sprach: »Du bist doch allein schuld an seinem Verluste.« Der Professor zog schnell seine Hand zurück. »Hättest du nicht damals«, fuhr sie mit weichem Tone fort, und die Tränen standen ihr dabei in den Augen, »hättest du nicht ohne Haarbeutel zum Graf Auer gehn wollen, der zu der Zeit dein Glück machen konnte, so hätte ich – es sind nun gerade drei Jahr – im Walterschen Garten nicht mit dir gezankt; hätte ich nicht mit dir gezankt, so wäre unser Theodor nicht unbemerkt aus der Laube gelaufen; und wäre er nicht aus der Laube gelaufen, so hätten wir ihn nicht verloren!«

»Verloren ist verloren! Sie müssen nicht mehr daran denken«, sagte der Kammerrat.

Unwillig rief der Professor: »Dann wäre er ja in der Tat für uns gestorben, während er jetzt wenigstens in unsrer Trauer, Sehnsucht und leisen Hoffnung uns noch lebt!«

»Verloren«, begann der Doktor, »verloren ist nichts, was man nicht selbst aufgibt. Er lebt! ich sag es euch: der Knabe lebt!«

Der Professor starrte ihn an; Karoline wollte reden, allein von dem Blick, den der Doktor auf sie warf, erstarb das Wort auf ihren Lippen. – »Wäre es möglich«, fing der Professor endlich an, »sollten Sie vielleicht wirklich – – –?«

Jener unterbrach ihn: »Nun, es ist wahrscheinlich, daß er noch lebt. Ihr müßt den alten König darum fragen.«

Mit diesen Worten stand er auf und griff nach seinem Hut.

»Erlauben Sie aber«, rief der Kammerrat, »Sie haben die Hauptsache vergessen, wertester Freund. Auf welche Art gelangt man zu dem alten König?«

Der Doktor sah ihn seltsam lächelnd von der Seite an: »Suchet, so werdet ihr finden. Wolle nur, so kannst du auch. Gute Nacht. Ich habe noch Geschäfte. Auf Wiedersehen!« Er neigte sich gegen die Professorin und ging schnell zur Türe hinaus; der Kammerrat aber lief hinter ihm her und bestand darauf, ihn bis an den Goldnen Löwen zu geleiten.

»Nun, was denkst du von unserm seltsamen Gaste?« hub Karoline an, als beide fort waren.

»Was ich denke, darf ich dir nicht sagen«, entgegnete der Professor. »Du verstehst mich nicht.«

»Ach«, rief jene, »diesmal verstehe ich dich sicherlich und bin ganz deiner Meinung.«

»Meiner Meinung? Und welcher?« fragte der Professor.

»Nun, hab' ich nicht etwa ebensogut wie du die unheimlichen Irrlichtsflammen bemerkt, die er manchmal aus den grünen Augen schoß? und das Fläschchen, das gar nicht leer werden wollte, so fleißig ihr auch zusprach?«

Sie ging mit diesen Worten nach dem Tische und sah sich danach um, allein das Kristallfläschchen war verschwunden, und doch hatte, wie sie gewiß wußte, der kleine Doktor es nicht wieder eingesteckt.

»Da haben wir's ja!« rief sie. »Mir kam gleich ein Grauen an, als er die toten Mäuse und Frösche auspackte. Wer schon solche brotlose Künste treibt – –! Und Verse mag er wohl auch machen !«

Ärgerlich sprach der Professor: »Es ist ein Mann von außerordentlichen Kenntnissen und ganz besondern Gaben, wie mir der Freund aus Upsal schreibt, und wenn er obendrein Dichter wäre – das heißt ein *guter*, denn ein schlechter ist keiner – so hätte ihm der liebe Gott nur noch eine Himmelsgabe mehr, den Blumenkranz zu dem Fruchtkranze verliehen!«

»Wohl!« unterbrach ihn Karoline schnell, denn sie sah schon eine weitere Ausführung des beliebten Themas auf seinen Lippen sitzen – »mag er sein, wer er will! Wenn er nur sonst die Wahrheit gesprochen hätte, daß unser Theodor noch lebt. – Ach! dem Teufel selbst könnt' ich um den Hals fallen, der mir Nachricht brächte von meinem Kinde.«

Schnell versöhnt faßte der Professor die Hand seiner Frau; der Wächter draußen meldete die zehnte Stunde an, und nach langer Zeit wieder zum ersten Male gingen sie beide zu gleicher Zeit nach dem Schlafzimmer.

Viertes Kapitel

Die buntesten Träume standen die ganze Nacht an Karolinens Lager und webten ihr wunderliches Geflecht aus goldnen und schwarzen Fäden unablässig um die Stirn der Schlummernden, so daß sie oft auffuhr und sich mit Gewalt emporzureißen strebte; doch immer drückte der Schlaf mit Macht ihre Augenlider nieder, und sie sank von neuem in das Gewirr der tollsten Bilder zurück. Gegen Morgen aber sah sie sich in einer ganz unbekannten Gegend, von mächtigen Felsen rings umstarrt, über welchen noch höhere Gipfel zum Himmel aufragten; und immer näher drängten sich die Felsen, und immer enger ward der Raum um sie her, und da sie endlich in der Angst einen der Berggipfel erklimmt hatte, sah sie wieder neue, noch höhere vor sich; zu ihren Füßen aber wühlte sich ein ungeheurer Abgrund in die Tiefe. Schaudernd und schwindelnd bedeckte sie ihre Augen; doch eine unsichtbare Gewalt zog ihre Hände hinweg, und sie mußte wider Willen hinabschauen in den Abgrund. Und je länger sie hinabsah, desto heller ward es drunten, fremdartige Gestalten bewegten sich hin und wider, und endlich ersah sie mitten unter den Gestalten ihren Theodor, gefesselt an Hand und Fuß; er hob die gefesselten Hände flehend zu ihr empor und bat weinend, ihn zu erlösen aus der Nacht der Tiefe.

Mit einem lauten Schrei erwachte sie in der heftigsten Bewegung. Sie rufte ihren Mann.

Diesem hatte die verborgne Weisheit des alten Königs ebenfalls wenig Ruhe gelassen; zu gleicher Zeit aber war auch die Erinnerung an den Besuch bei dem Minister, der ihm heut bevorstehen sollte, in der Stille der Nacht bei ihm laut geworden, erfüllte sein Herz mit großer Bangigkeit und ließ ihn jetzt, da seine Frau ihn aus dem Schlummer weckte, nichts anders vermuten, als daß sie ihn antreiben wollte, aufzustehen und sich vorzubereiten zu dem sauern Gange. Er verhielt sich daher anfangs ganz still; doch als er sie endlich laut weinen hörte, richtete er sich schnell empor und fragte sie bestürzt nach der Ursache.

»Ach mein Kind, mein unglückliches Kind!« rief Karoline, die Hände ringend. »Ich habe ihn gesehen in Ketten und Banden; ich habe seine Stimme gehört, die mich anflehte, ihn aus dem gräßlichen Abgrund zu erlösen. Ach! in welcher entsetzlichen Lage schmachtet er jetzt vielleicht irgendwo! In welcher Not, in welcher Gefahr ruft er vielleicht in diesem Augenblick nach seiner Mutter, die ihm nicht helfen, ihn nicht retten kann!«

Sie erzählte ihm schluchzend den Traum, aus dem sie eben erwacht; und wie sehr nun auch dieser ihn selbst bewegte, wie aufrichtig auch der Schmerz seiner Frau ihn betrübte, so regte sich doch, von ihm selbst kaum bemerkt, in dem geheimsten Winkel seines Herzens eine kleine Zufriedenheit: denn über dem Traume ward heute der Besuch bei dem Minister wahrscheinlich ganz vergessen.

Der Kammerrat stellte sich in aller Frühe ein und fand Karolinen noch in Tränen. Als er die Ursach' derselben vernommen hatte, rief er: »Aber wie mögen Sie sich um solcher Kinderei willen die schönen Augen verderben? Andrang des Blutes nach dem Herzen! leeres Spiel der entzügelten Phantasie? Hirngespinste! – Träume, Schäume!«

»Mitnichten!« fiel der Professor ein. »Wenigstens nicht immer. Träume sind oft wahrhaftige Boten aus dem Reich der Geister, in die Nacht des Lebens hineinfallende leuchtende Blumen einer höhern Vegetation, ja oft, wenn ich es sagen darf, eine wirkliche abgehorchte Sprache des Schicksals.«

»Ei, ei!« lächelte jener, »wer hätte in einem so gelehrten Kopfe solche Seifenblasen gesucht! Sind denn der gestrige Tee – ich habe selbst die ganze Nacht nicht schlafen können – unser Gespräch und die schlau hingeworfnen letzten Worte des kleinen Wunderdoktors, sind das nicht hinreichende Data, um die Entstehung jenes Traumes zu erklären? Der Scharlatan hat übrigens uns alle zum besten gehabt. Der Kammerrat durchschaut ihn aber. Weil er sich im Anfang ein wenig verraten hatte, so warf er uns nachher das alberne Märchen von dem alten König hin, um uns von der Spur seiner wahren Absicht wegzuleiten. Er ist ein Abenteurer, ein Schatzgräber, der nach verborgenen Schätzen die ganze Welt durchläuft – denn zu welchem Ende sonst, frage ich? – und nicht vergebens, wenn die Ringe an seinen Fingern echt sind. Daß jedoch unser benachbartes Gebirge, die edlen Steine ungerechnet, welche ehedem so häufig selbst die Italiener aus ihrem Vaterlande herbeigezogen, wirklich große, ja ungeheuere Schätze in seinem Schoß bewahrt, darüber sind mir bereits früher mancherlei anderweitige Anzeigen an die Hand gegeben worden. Mein Großvater wußte davon besondere Dinge zu erzählen; und es wäre wohl sogar für einen vernünftigen Menschen der Mühe wert, einmal einen Versuch zu machen.«

Ein Klopfen an der Tür unterbrach ihn. Der Markör aus dem Goldnen Löwen brachte ein Billett. Es war von dem Doktor. Er meldete darin seine schleunige Abreise, die ihn selbst unverhofft und unerwünscht überrasche und äußerte die Erwartung eines baldigen Wiedersehns im Gebirge.

Noch immer hatte Karoline die leise Hoffnung gehegt, daß der Fremde wirklich um das Leben, vielleicht wohl gar um den Aufenthalt ihres Kindes wisse, und wenn er gestern mit dem Geständnis gezögert, ihr heute dafür eine desto freudigere Überraschung bereiten werde. Jetzt zerrann diese Hoffnung, dem Nebel gleich, den der Schiffer für die ersehnte heimatliche Küste gehalten; in trostloser Sehnsucht streckte sie wieder ihre Arme hinaus in die weite leere Welt; der Schmerz überfiel sie von neuem mit verdoppelter Gewalt, und sie konnte ihrer Tränen kein Ende finden, bis der Kammerrat endlich mit dem schon lange bereitgehaltenen Vorschlag ans Licht trat, gemeinschaftlich eine Reise nach dem Badeort zu unternehmen, der am Fuße jenes Gebirges lag, wo man dann teils hoffen dürfe, des Wunderdoktors wieder habhaft zu werden, teils auch über den Ort, wo der Schatz liegen solle und über die Möglichkeit eines Versuchs, ihn zu heben, sich näher unterrichten könne.

Ein Sonnenstrahl durch Regenschauer lächelte Karolinens Auge ihm entgegen. Allein eine solche Ausgabe bei ihrer beschränkten Lage! – – Eine neue Wolke verdüsterte das liebliche Gesicht. Der Kammerrat aber, begeistert von jenem Blicke und ihre Gedanken erratend, schlug eilig alle Bedenklichkeiten mit der Bitte nieder, die Kosten der Reise allein übernehmen zu dürfen. Der Professor konnte sich in seiner Freude nicht enthalten, ihn aufs herzhafteste zu umarmen und machte nur die Bedingung, daß es ihm erlaubt sein möge, seinen Paradiesvogel mitzunehmen, den er unmöglich fremden Händen anvertrauen könne.

So wurde denn auf der Stelle das weitere verabredet, und sodann im Verlauf desselbigen Tages alles zur Reise benötigte mit so beflügeltem Eifer vorgekehrt, daß schon die nächste Morgensonne sie miteinander im Wagen und auf der Straße nach dem Gebirge fand, welchem jedes von ihnen mit verschiedenen Hoffnungen und Wünschen, doch alle mit gleichem Verlangen erwartungsvoll entgegensahen.

Fünftes Kapitel

Seit mehrern Jahren hatte der Professor die Mauern der Stadt nur auf kurzen Spaziergängen hinter sich gelassen; jetzt sah er - er saß auf dem Rücksitz - mit einem behaglichen Gefühl die Entfernung zwischen ihnen und ihm in jedem Augenblick wachsen, die schwarzen Türme immer mehr in grauen Duft sich kleiden und endlich hinter einer kleinen Anhöhe, die der Wagen hinabrollte, ganz verschwinden. Der Morgenwind wehte ihm frischen, freien Mut entgegen, neue Lebenskraft stieg aus der Erde empor, die noch von dem Segen eines nächtlichen Gewitters dampfte, und der Lerche gleich, die über ihm in den blauen Lüften hing, hätte er in lauter Jubelliedern aufschweben mögen zum Himmel.

Seine Gefährten aber hatten noch die ganze Stadt mit allen ihren dortigen Verhältnissen und Bekanntschaften bei sich im Wagen und ergingen sich, von dem heitern Morgen gleichfalls angeregt, mit lebhaften Worten und besonderm Wohlgefallen darin; der Kammerrat machte verschiedne Neuigkeiten frei, die vorgestern der Besuch des Fremden, gestern die Reiseanstalten in seinem Busen gefangengehalten hatten, und es verdroß den Professor sehr, da weder seine zahlreichen Ausrufungen noch mehrere Stellen aus seinen Gedichten, die ihm in der Begeisterung über die Lippen flössen, das Gespräch der beiden zu unterbrechen imstande waren. Ja, als es ihm endlich einmal gelingen wollte, in dem Gehölze, durch welches eben der Weg führte, die Aufmerksamkeit seiner Frau auf die anmutige Wirkung des Morgenlichts in den Baumgruppen zu lenken und der Kammerrat, einige verdorrte Fichten darunter gewahrend, sogleich mit einer Abhandlung über die Möglichkeit, dem Raupenfraß zu steuern, dazwischenfiel, übermannte ihn der Ärger dergestalt, daß er seinen Sitz verließ und auf dem Bock neben dem Kutscher Platz nahm.

Ein neuer Verdruß jedoch harrte seiner schon an dem Ort, wo Mittag gemacht wurde. Denn hier erst, da er die Sorge des Ein- und Aufpackens lediglich seiner Frau und dem Kammerrat überlassen hatte, hier erst also bemerkte er, daß hinten auf dem Wagen über dem Käfig seines Paradiesvogels noch ein anderer befestigt war; und als er näher hinzutrat, krähte ihm der feindselige Haushahn, die Flügel auf dem Boden streifend, mit besonderer Erbitterung daraus entgegen. Doch schwieg er für diesmal, indem er auf ein Mittel sann, sich dieses seines Widersachers bei erster Gelegenheit zu entledigen, und ließ seinen Grimm bloß an dem zähen Rinderbraten aus, der unterdessen in der Wirtsstube für die fremden Gäste aufgetragen worden war.

Den wirksamsten Trost für diese und ähnliche Unannehmlichkeiten fand er stets wieder in dem Wechsel der Gegenstände, den ihm die immer mannigfaltiger werdende Gegend, die Nähe des Gebirges verkündend, in rascher Folge vorüberführte, und endlich in dem Anblick dieses Gebirges selbst, das schon am nächsten Morgen von einer Höhe herab sich seinen Blicken offenbarte, wie ein lichtblaues, ausgezacktes Band den Horizont umsäumend. »Dahin! dahin!« rief er seiner Frau zu und zeigte ihr mit dem Finger das Ziel ihrer Reise: Karoline schrie laut auf vor Freuden. »Ah«, sagte der Kammerrat mit zufriednem Lächeln, »*nous y voilá donc*!« und nahm eine Prise. Beide glaubten schon da zu sein; allein der Kutscher vertröstete sie auf morgen oder übermorgen. »Wenn wir nur erst den großen Wald dort im Rücken haben!« fügte er hinzu.

Immer höher hob sich nun das Land umher; ernst und feierlich trat das mächtigere Geschlecht der Berge unter die anmutigen Hügel; von ihren waldigten Gipfeln blickten hin und wieder die weißen Trümmer alter Burgen; klare Bächlein gleiteten still durch grüne Matten oder hüpften schäumend und rauschend über Felsenblöcke dahin. Karolinen ergötzte das ungewohnte lebendige Spiel der Farbe und Gestalt, und selbst der Kammerrat fand, zu seiner eignen Verwunderung, eine Art von Behagen daran.

Es war schon ziemlich spät am Nachmittage, als sie den großen Wald erreichten. In dem letzten Wirtshause hatte man ihnen zwar geraten, lieber den andern Tag zur Fortsetzung der Reise zu erwarten; der Wirt hatte bedenklich den Kopf geschüttelt, von der Leichtigkeit sich zu verirren, und von seltsamen Geschichten gesprochen, welche dort erst kürzlich wieder vorgefallen waren; allein da der Kutscher durchaus auf dem Weiterfahren bestand, des Weges wohl kundig zu sein versicherte und noch vor der Dämmerung das jenseits gelegene Städtchen zu erreichen versprach, so hatte man sich darein ergeben.

Der Tag war heiß; eine erquickende Kühlung wehte ihnen aus den hohen Laubgewölben entgegen; gastlich schien der Wald sie einzuladen in seine Schatten. Aller Furcht und Sorge ledig, fuhren sie hinein. Der Professor, den die Hitze des Tages ein wenig niedergedrückt hatte, sog jetzt den frischen belebenden Waldduft mit vollen Zügen in sich, der seine ermattete Phantasie wieder mächtig unter der Asche hervorhauchte.

Bedeutungsvoll erklang ihm der Ruf der Vögel und das weitschallende Klopfen des Baumspechts; die Bäume ringsumher belebten sich ihm allgemach ; sie neigten sich grüßend vor ihm, ihr leises Flüstern ward ihm mit jedem Augenblick verständlicher, und er kam sich endlich auf seinem erhabenen Sitze wie der König und Herr des Waldes vor, der mit seinem Blick alles beherrschte, was sein Auge ersah. – Währenddessen begannen die Pferde immer langsamer fortzuschreiten; endlich blieben sie ganz stehen. Der Professor sah sich um und bemerkte, daß sein Mitregent, der Kutscher, sich dem Schlummer überlassen hatte. Nicht unwillig darüber – denn er war ihm wachend doch bei seinen Phantasien, Betrachtungen und Selbstgesprächen, die er gern mit einer lebhaften Gestikulation begleitete, zuweilen behinderlich gewesen –, nahm er demselben leise die Zügel der Herrschaft aus den Händen, weniger jedoch um sie zu führen, als um sie zu halten: die Pferde setzten sich von selbst wieder in langsame Bewegung – er wagte nicht, sie anzutreiben – und gingen bedächtig wie und wohin sie es für gut befanden.

Karoline und der Kammerrat bemerkten, in ein interessantes Gespräch über die häusliche Gewinnung des Runkelrübensyrups vertieft, den Wechsel der Regentschaft nicht, und der Professor fuhr und dichtete ruhig weiter.

Allein nach einer Weile ward der Weg, auf welchem sie fortschritten, stets enger und holprichter, stets näher und näher rückten die Bäume von beiden Seiten; der Professor mußte sich sehr oft bücken, um den herabhängenden Zweigen auszuweichen.

Endlich streifte einer derselben dem Kutscher den Hut vom Kopfe, und er erwachte. Brummend und fluchend stieg er ab, ihn zu holen; doch kaum hatte er die Zügel wieder ergriffen und sich umgesehen, als er ausrief: »Aber zum Henker, Herr Professor, wo fahren Sie hin? Das ist der rechte Weg nicht! – Wer weiß, in welchen Spitzbubenschlupfwinkel dieser hier führt!« – Es war nichts anderes zu tun, als gerade wieder umzukehren; die verlassene Hauptstraße konnte nicht weit sein.

Eine Stunde waren sie bereits wieder gefahren, und immer noch keine Spur davon! Der Kutscher fing von neuem an zu fluchen; der Kammerrat suchte, aus dem Wagen gelehnt, sich zu orientieren, und Karoline schalt ihren Mann aus über seinen Vorwitz, hier den Weg finden zu wollen, er, der in seinem Leben noch nie den rechten Weg gefunden habe und überhaupt gar nichts vom Fahren verstehe. Der Kutscher dachte noch einmal wieder umzukehren, aber der Kammerrat bestand darauf, die einmal eingeschlagne Straße zu verfolgen, da sie doch irgendwohin und hoffentlich irgendwohinaus führen müsse, nämlich aus dem Walde.

Die Sonne sank indes immer tiefer und färbte endlich nur noch die Wipfel der Bäume mit ihrem immer röter werdenden Golde. Der Wald wollte sich nirgends lichten, sondern ward nur stets dichter und wilder und der Weg stets ungebahnter und schlechter. Endlich lag ein steiler Hügel vor ihnen, über welchen er hinweglief. Dort oben hofften sie eine Aussicht zu gewinnen. Mit großer Anstrengung, und indem der Kammerrat und der Professor selbst Hand anlegten, gelang es, den Wagen hinaufzubringen; doch ihre Hoffnung war abermals getäuscht; die Bäume verhinderten jede Aussicht, und der Kutscher, der einen erkletterte, brachte bloß die Versicherung zurück, daß, soviel die schon einfallende Dämmerung zu sehen erlaube, ringsum Wald und überall nur Wald zu sehen stehe. Unten im Tale aber, fügte er hinzu, habe sich Licht gezeigt, sei jedoch gleich wieder verschwunden. Zwischen neuer Hoffnung und neuer Furcht schwebend, steuerte man nun den Berg hinab. Das Licht zeigte sich von neuem, und bald noch eins und noch eins. Man pries sich glücklich, denn ohne Zweifel hatte man ein Dorf erreicht. Allein als sie an den Fuß des Berges gelangten, machte schnell das erwartete Dorf einigen mutwilligen Irrlichtern Platz, die auf einer sumpfigten Waldwiese ihren Tanz hielten. Ihre Zahl mehrte sich zusehends, indem der Wagen zwischen ihnen hinfuhr, ja plötzlich lief von dem Saum des Waldes ein großer Feuermann herüber und machte sich das Vergnügen, den Wagen in geringer Entfernung eine ansehnliche Strecke zu begleiten.

»Was ist das?« rief Karoline ängstlich und halblaut.

»Brennbare Dünste!« erwiderte der Kammerrat mit ungewisser Stimme.

»Ein interessantes Schauspiel!« sagte der Professor, während unter seiner Mütze die Haare sich emporzurichten anfingen und ein unangenehmer Schauer seinen Rücken hinablief. »In solchen Gebirgsgegenden indes eine sehr gewöhnliche Erscheinung!« fügte er, sich selbst beruhigend, hinzu und bestrebte sich zu lächeln.

Es war nun völlig dunkel geworden; eine schwarze Wolke nur, die sich über die Wipfel vor ihnen allmählich heraufschob, sendete von Zeit zu Zeit einige helle Blitze in die Nacht hinein. Der begleitende Feuermann war verschwunden. Der Kammerrat schaute öfters aus dem Wagen und äußerte seine Besorgnis wegen der Koffer. »Ach und mein Paradiesvogel!« rief der Professor. »Das verwünschte Tier!« unterbrach ihn Karoline, »das ist eben an allem Unglück schuld!« Plötzlich aber wurden sie mit Erstaunen gewahr, daß sich die Gesellschaft, sie wußten nicht wie, um eine Person vermehrt hatte, die neben dem Kutscher saß. Der letztere sprach mit dem unbekannten Reisegefährten, und sie hörten, daß er ihn Herr Professor nannte. Karoline glaubte bei dem Schein der Blitze mit Entsetzen zu bemerken, daß er in der Tat an Gestalt und Kleidung ihrem Manne glich; als er endlich auch den Mund öffnete, erkannte sie deutlich sogar ihres Mannes Sprache.

Dem Professor, welchem dies alles gleichfalls nicht entging, klappten die Zähne wie im Fieberfrost aneinander, und ihn deuchte, der ganze Wald fange an, sich mit ihm im Kreise herumzudrehen. Mit einem wahren Lachen der Verzweiflung rief er, nach dem Professor Nr. 2 sich umschauend: »Ein seltsamer Gebirgsscherz! Zugleich, meine Herren, ein anschauliches Beispiel von der Gewalt des Dichtungsvermögens. Jeder Mensch setzt sich selbst; ich habe mich aber außer mir selbst gesetzt! Es sind meine eigenen poetischen Phantasien, die Sie dort auf dem Bock sitzen sehen, durch die dem Dichter inwohnende Kraft der Objektivierung auf der Stelle, wo ich selbst vorhin saß, verkörpert. Subjekt im Objekte! Eine wirkliche Menschwerdung des Göttlichen! Ich habe schon lange erwartet, daß mir das einmal widerfahren würde.«

Als er es aber gesprochen hatte, packte ihn mit einem Male ein so gewaltiges Grauen vor seinen eignen verrückten Worten und vor dem Produkt seiner Schöpfungskraft hinter ihm, daß er schnell den Rücksitz verließ und sich zwischen seine Frau und den Kammerrat eindrängte.

Indem erhub sich ein unerhörter Sturm und fuhr durch den Wald, daß die Baumwipfel knarrend und krachend sich fast zur Erde neigten. Ferne Stimmen schrieen dazwischen in den mannigfaltigsten Tönen. Die Pferde wurden scheu und wollten nicht von der Stelle. Und immer wütender rasete der Sturm, und immer näher kamen die Stimmen, und endlich waren sie ganz nahe und zogen heulend, krächzend, schnalzend, miauend und blökend über ihnen durch die Luft. Der Professor Nr. 2 auf dem Bock jubelte laut mit darein. Neben dem Wagen hin aber rauschte, rasselte und klapperte es vorbei wie eine Reuterschar, und im roten Licht der Blitze sahen sie fremdartige und entsetzliche Gestalten eilig vorüberziehn. Dem höllischen Getöse widerstanden die Pferde nicht länger; sie rannten, weder des Zurufs noch des Zügels mehr achtend, in tollem Schrecken quer durch den Wald.

Karoline barg in Todesangst das Gesicht in ihre Hände. Der Kammerrat bejammerte laut schreiend seinen Vorwitz, der ihn in solch verwünschtes Gebirge getrieben, das ja doch eigentlich keinem vernünftigen Menschen hold sei! Wenn sie hier nicht den Hals brächen, so müßten sie doch wenigstens alle verrückt werden! Den Professor hatte das Entsetzen gänzlich stumm und starr gemacht. – Plötzlich krachte der Wagen und neigte sich auf die Seite. Die Pferde waren damit an ein Felsstück gerannt: ein Rad war gebrochen. In diesem Augenblick sprang seitwärts aus dem Gebüsch eine seltsame Gestalt hervor, eine Fackel in der Hand, und fiel entschlossen, mit lautem Zuruf den Pferden in die Zügel. Sie standen und zitterten. Die Gestalt näherte sich dem Wagen. Es war eine Frau von hohem Wuchs und ziemlich wildem Ansehen, doch nicht ohne Spuren ehemaliger Schönheit auf dem braunen Gesicht; sie trug ein buntfarbiges Tuch um die Stirn gebunden, unter welchem hervor das schwarze Haar in zwei starken Flechten auf den Busen niederfiel; ein blautuchner Mantel hing von den Schultern herab; der eine Zipfel war unter dem rechten Arm durchgezogen und unterhalb der Brust befestigt.

»Was wollt ihr hier«, fragte sie, »so weitab von der Straße? Wie kommt ihr hieher?« Der Kammerrat, zuerst wieder des Worts mächtig, entgegnete zitternd: »Auf eine sehr unschuldige Art, Teuerste, und wahrlich ganz wider unsern Willen! Ich wünschte, ich hätte diesen verwünschten Wald nie mit meinen Augen gesehen!« – »Nun, so steigt nur aus!« fuhr jene fort. »Wenn unsere Männer zurückkehren, werden sie euch gegen ein gut Trinkgeld wohl den Wagen instand setzen und euch aus dem Walde geleiten. Kommt indes hinüber zu unserm Feuer. Die junge Frau da scheint vor allem einer Herzstärkung benötigt zu sein.« – Sie reichte mit diesen Worten Karolinen freundlich die Hand und half ihr aussteigen. »Nur getrost, Frauchen!« sprach sie. »Fürchte dich nicht. Du kommst unter ehrliche Leute.« Der Kammerrat bemerkte zögernd, daß es doch wohl geratner sein möchte, bei dem Wagen zu bleiben: ein Blick aber, den sie aus den schwarzen Augen auf ihn schoß, brachte seinen Mund zum Schweigen und seine Beine in Bewegung. Er kletterte schnell über den Professor hinweg aus dem Wagen. Der Professor folgte ihm, näherte sich dem Kutscher und fragte ihn leise: wer denn der Mensch gewesen sei, der neben ihm gesessen? Wie er auf den Bock gekommen, und wo er anjetzt geblieben? »Das weiß der Gottseibeiuns«, rief jener, »wenn Sie es nicht wissen! Ich dachte, Sie wären es selbst.« Indem aber kam der in Rede Stehende um den Wagen herumgelaufen und begrüßte die Gesellschaft, Verzeihung erbittend, daß er es gewagt, ohne ihre Erlaubnis, sich auf den Wagen zu setzen. Er sei gar zu müde gewesen, und da der Kutscher auf sein bescheidenes Anfragen mit dem Kopfe genickt, welches freilich, wie er hinterdrein bemerkt, im Schlummer geschehn sei, so habe er sich stillschweigend ohne weiters neben ihn auf den Bock geschwungen. – Die Frau mit der Fackel beleuchtete seine Gestalt und rief: »Ei, Jonathan, Jonathan, wo kommst du einmal wieder her?« – »Gott grüß Euch siebenmal, siebenmal, Frau Rebekka!« erwiderte jener freundlich. »Der Mond hat sich auch seine Hörner noch nicht abgelaufen, und die alte Erde taumelt noch immer ein wenig schief einher: Ihr wißt ja, daß ich der wahre Überall und Nirgends bin.«

Bei dem Fackelschein konnte Karoline wahrnehmen, daß seine Ähnlichkeit mit ihrem Manne sich, außer Sprache und Gestalt, auch auf die Gesichtszüge erstreckte. Nur war er ein wenig kleiner und von einer ausnehmenden Behendigkeit der Bewegungen. Er wandte sich an den Kammerrat mit einer Verbeugung und bot seine Dienste an. Er sei ein privatisierender Kammerjäger, eigentlich aber seiner Profession ein Universalgenie – fügte er lächelnd hinzu –, und die werte Gesellschaft werde, auf ihrer weitern Reise, in ihm den klaren Profit in der Tasche haben.

Der Kammerrat nickte mit dem Kopfe, denn er wagte ihm, bei seiner Bekanntschaft mit der Rebekka, keine verneinende Antwort zu geben. Der Professor konnte den Menschen noch immer nicht ohne heimliches Grausen ansehen, und doch fühlte er ein lebhaftes Verlangen, ihn näher kennenzulernen.

Die Fackelträgerin hob die Fackel hoch empor, faßte Karolinen unter den Arm und schritt vorwärts. Die andern folgten. »Hier gilt kein Widerstreben«, flüsterte der Kammerrat dem Professor zu, »das Spitzbubengesindel hat uns in Händen.« Karolinens Führerin leitete diese behutsam über die Steine und Baumwurzeln hinweg; an allzu rauhen Stellen trug sie auf ihrem Arm sie leicht hinüber. – Der Sturm hatte sich gelegt; kein Blatt rührte sich an den Bäumen, freundlich blickten die Sterne durch die Laubwipfel; lautlos ruhte der Wald.

Bei dem Umbiegen um eine Bergecke standen sie an dem Eingang eines kleinen Tals, rings von buschigen Hügeln und Felsen umgeben. In der Mitte desselben brannte ein großes Feuer. Als sie sich näherten, bemerkten sie eine alte Frau, die vor einigen Töpfen dicht am Feuer hockte; neben ihr drehte ein Knabe den Bratspieß, mit einer Art kleinen Wildbrets wohlversehn, welches der Kammerrat für Mäuse oder Hamster hielt. Ein halb erwachsenes Mädchen saß dabei und strickte an einem Netz. Mehrere andere fast nackte Kinder sprangen umher.

»Da ist Mutter!« rief das Mädchen, legte ihre Arbeit beiseite und kam Frau Rebekken entgegen; ein kleiner Knabe folgte ihr. Die Kinder hingen sich an ihre Kleider; sie gab dem Mädchen die Fackel und nahm den Knaben auf den Arm. »Nun, Heimchen«, fragte sie jene, »sind die Kinder fein artig gewesen?« – »Mutter«, sagte das Mädchen hastig, »Nachtigall ist wieder da.« Die Mutter lächelte. »Endlich!« sprach sie. »Nun, so geh und bitte, daß sie uns etwas singt!« Heimchen sprang mit der Fackel in das Gebüsch, sie aber befahl einem jungen Menschen, der eben herzutrat, sich nach dem Wagen zu begeben und dem Kutscher behülflich zu sein. Er ergriff einen brennenden Kienast und entfernte sich.

Frau Rebekka holte geschäftig einige Teppiche herbei, die sie auf die Erde breitete und ihre Gäste darauf niedersitzen hieß. Dann brachte sie ein Fläschchen, goß daraus einige Tropfen in einen Becher voll Wasser, und Karolinen bittend, davon zu trinken, sprach sie: »Das ist ein gar köstlich Elixier! Die Kräuter dazu wachsen nur auf des alten Königs Grabe, und nicht jeder weiß sie zu finden.«

»Auch Ihr wißt von dem alten Könige?« rief Karoline verwundert aus. – »Was sollt' ich nicht!« entgegnete jene. »Stamme ich doch von ihm.«

Indem keuchte des Kammerrats neuer Diener mit dem Flaschenfutter und einigen Vorräten heran, die er aus dem Wagen mitgenommen hatte. Der Professor fiel begierig darüber her und ließ den Becher in die Runde gehen. Dem Anblick der fröhlichen Kinder, die alle, trotz der dunkeln Hautfarbe, von ausgezeichnet schöner Bildung waren, wich seine Furcht allmählich; Hunger und Durst bestanden wieder auf ihrem alten Rechte.

Da klangen Harfentöne von den Felsen hinter ihnen herab, bald mächtig anschwellend in rauschenden Akkorden, bald in leisem Geflüster zerfließend in die Nacht. Der Professor setzte den Becher hin und lauschte. Alles, was noch von Furcht und Bangigkeit an ihm haftete, löste sich immer mehr, je länger er zuhörte. In süßer Wehmut und stillem Verlangen erbebte sein Innerstes. Es war ihm, als ob die Klänge sein Herz aus der Brust locken und es mit sich dahinführen wollten auf ihren schmeichelnden Wellen.

Endlich fiel der Gesang einer vollen weiblichen Stimme darein; die Harfentöne schmiegten sich begleitend an sie an:

»In Waldes grünen Schatten,
in stiller Nacht,
ist von des Tags Ermatten
die Seele mir erwacht.
Was Licht und Leben trennt, das findet,
das wird in Träumen sich bewußt;
am letzten Abendstrahl entzündet

ein Morgenrot sich in der Brust.
In Waldes grünen Schatten,
in stiller Nacht!«

Die Sängerin schwieg; die Töne verklangen leise.

Der Professor hatte die Augen geschlossen, um ungestört in dem Nachhall zu schwelgen, der noch durch seine Brust zitterte.

Frau Rebekka, die Karolinen gegenüber knieend ihre Blicke unverwandt auf sie geheftet hielt, ergriff jetzt ihre Hand. »Schönes Frauchen, blankes Frauchen«, sagte sie, »du hast mir's angetan: meine Augen können nicht von dir lassen.«

Die alte Frau, die am Feuer saß, drehte sich um und rief: »Schmeichle ihr nur! Du hast's wohl Ursach'.« – Sie erhob sich und kam auf Karolinen zu. »Sie hat dir groß Leid zugefügt«, fuhr sie fort, »und deinen schönen Augen viel Tränen gekostet.« Und als Karoline erstaunt nach der Bedeutung dieser Worte fragte, ergriff sie ihre Hand, betrachtete aufmerksam die innere Fläche derselben und rief mit wunderlichen Gebärden: »Herrliche Linien! Klar und eben, unverworren! Prächtiger Baum! Goldne Krone! Laß gut sein, Fräulein, dir steht ein großes Glück zu! Nicht Ehr' und Ruhm, nicht Gut und Geld, aber etwas muß es sein, das höher ist denn alles!« – »Ach«, seufzte Karoline, »das wäre nur das Wiederfinden meines Kindes!«

»Dein Kind, dein Kind!« rief die Alte mit dumpfer Stimme: »Verloren! Verloren! Weh dir! Weh mir! Tief unten liegt es. Der Abgrund hat's verschlungen. Sieh, sieh, da stürzt es! Von Klippe zu Klippe, hinunter, hinunter! Ich sah es fallen. Zerrissen, zerschmettert. Fahr hin, schöner Knabe, fahr hin! Brich, Mutterherz!«

Rebekka verhüllete ihr Gesicht mit dem Mantel und schluchzte. »Um Gottes willen«, rief Karoline, »was ist das? Was wollt Ihr? Ihr wißt von meinem Kinde! Wo ist es? Wo habt Ihr's? Ist es tot? tot?« Da fühlte sie sich lind umfaßt, und hinter ihr sprach eine Stimme: »Es lebt!« Und als sie sich wandte, sah sie eine herrliche Jungfrau, die neben ihr kniete und mild lächelnd ihr in die Augen sah. »Es lebt, dein Kind lebt!« wiederholte sie, »du wirst es wiedersehen.«

»Ach, Nachtigall, du weißt nicht!« begann Rebekka schmerzlich, »du weißt nicht – –« Die Jungfrau unterbrach sie ernst: »Ich weiß alles, aber ich sage euch: es lebt, sie wird es wiederfinden.« – Sie richtete sich mit diesen Worten empor und stand nun hoch und schlank, von einem lichtblauen Mantel in reichen Falten umschlossen, – sie war auf ähnliche Weise wie Rebekka gekleidet – in heller Beleuchtung des Feuers, auf dem nächtlichen Hintergrunde gleich einer himmlischen Erscheinung da.

»Ei, das ist ein feines Kind!« flüsterte der Kammerrat dem Professor zu. Dieser aber antwortete nicht und hörte auch nicht, denn jede Kraft der Sinne schien sich lediglich in seinen Augen zusammengedrängt zu haben, um das Wunderbild zu erfassen und festzuhalten. An der Harfe, die neben ihr lag, erkannte er die Sängerin.

Am Eingang des Tals ward es laut. Die Kinder schrien: »Sie kommen! sie kommen!« Noch einmal neigte sich die Jungfrau gegen Karolinen, und mit der Hand nach dem Himmel hinauf zeigend, sprach sie: »Vertraue und hoffe! Wir sehen uns wieder.« Dann entfernte sie sich eilig und verschwand hinter den Felsen.

Ein kleiner Trupp Männer und Weiber zog das Tal herauf, der zwei beladene Esel vor sich hertrieb. Alles lief den Rückkehrenden entgegen. Auch Rebekka sprang auf, küßte Karolinen auf die Stirn und rief: »Leb wohl, blankes Frauchen! Vertraue und hoffe! Du wirst bald mehr erfahren.« – Mit diesen Worten gesellte sie sich schnell zu einem schönen großen Manne unter den Ankommenden, welcher ihr Anführer zu sein schien.

Der Kammerrat bemerkte, daß einige von den Männern Waffen unter ihren Mänteln trugen; seine Furcht regte sich von neuem. Höchst erfreulich klang ihm daher die Nachricht, daß bereits einige Leute bei dem Wagen zurückgeblieben wären, und sie durch ihre Hülfe bald imstande sein würden, die Reise fortzusetzen. Wirklich kam auch gleich darauf ein junger Bursche herbeigelaufen, der sie dazu aufforderte.

Der Kammerrat, durch den Anblick der bewaffneten Männer zu ungewöhnlicher Freigebigkeit gestimmt, legte seine Börse auf den Schoß der alten Frau, um welche der größte Teil der Gesellschaft, in einer fremden Sprache sich mit ihr unterredend, herumstand; dann trieb er so ängstlich und ungestüm zur Abfahrt, daß Karoline weder sich einmal noch der Alten nähern, noch Frau Rebekka aufsuchen konnte, die sich nicht mehr sehen ließ.

Zwei Männer gaben ihnen das Geleite; und als sie den Wagen erreicht hatten, führte einer, mit der Fackel voranleuchtend, sie bis an den Saum des Waldes, wo der Turm des Städtchens in geringer Entfernung vor ihnen lag.

Im Wagen herrschte große Stille. Der Kammerrat erhielt auf die Bemerkungen, die er dann und wann mit halblauter Stimme wagte, keine Antwort von seinen Gefährten. Karoline war einzig mit den Worten der Alten, der seltsamen Übereinstimmung derselben mit ihrem gestrigen Traum, und mit der frohen Verheißung des schönen Mädchens beschäftigt. Dem Professor war zumut wie einem Trunkenen; in verworrenem Treiben wogte und schwankte die ganze Außenwelt um ihn her, und es war ihm, als sänke allmählich alles unter seinen Füßen in einen dunklen Klumpen zusammen, über welchem allein in ruhiger Klarheit das herrliche Bild der Jungfrau siegend stand.

Selbst der Kutscher und Jonathan, der wieder auf dem Bock Platz genommen hatte, unterbrachen das allgemeine Schweigen kaum durch einzelne Worte, und so erreichten sie endlich das Städtchen und ihr Nachtquartier.

»Schlechte Polizei!« rief der Kammerrat, als er in den sichern Hafen des Wirtshauses eingelaufen war, »schlechte Polizei! Sollte man's glauben, daß in unserm so hoch kultivierten Staate noch Zigeunerbanden hausen!«

Sechstes Kapitel

Karolinens erster Blick, als sie am andern Morgen aufgestanden war, suchte die Gesichter ihrer Gefährten, der zweite im Spiegel ihr eigenes: sie fand zu ihrer Beruhigung, obwohl ein wenig verwundert, daß es noch dieselben und alten waren. Dem Kammerrat schien es ebenso zu gehen. Desto mehr aber kamen beiden nach dieser Entdeckung die Abenteuer der verflossenen Nacht wie ein wunderlicher Traum vor, dessen letzte Spuren sie vor den Strahlen der Morgensonne, die eben den Hausgiebeln ihre Ankunft verkündigte, vollends hinschwinden zu sehen erwarteten. Sie fingen eben an, sich gegenseitig darum zu befragen, als der flinke Jonathan hereintrat und sie, ein lebendig vor ihren Augen herumwandelnder sprechender Beweis von der Wirklichkeit des Erlebten, wider ihren Willen überzeugte.

Der Kammerrat, dem der neue Gesellschafter als eine sehr verdächtige Person erschien, hätte sich gern hier schon seiner wiederum entledigt; allein der Mensch bezeigte, trotz einer auffallenden Ungeschicklichkeit und Unbeholfenheit in manchen Dingen, doch so viel guten Willen und behende Dienstbarkeit, daß selbst die Professorin sich für ihn verwendete, obwohl sie, bei der allzugroßen Ähnlichkeit mit ihrem Manne, sich einer gewissen Scheu vor ihm noch immer nicht erwehren konnte.

Der Tag ging ohne weitere Reiseabenteuer hin und neigte sich schon beträchtlich, als sie von der Höhe eines Bergrückens auf einmal ein weites Tal im mannigfaltigsten Schmuck der Farben zu ihren Füßen liegen sahen und der Kutscher ihnen den weißen Turm des Badeorts, des ersten Ziels ihrer Reise, tief unten im Grunde zeigte. Jenseits des Tales aber hob sich weithingedehnt das hohe Gebirge, vom Abendlicht in dunkel glühendes Violett gekleidet, mächtig empor.

Der Professor hatte zu Fuß den Berg erstiegen; jetzt gesellten sich, aus Furcht vor der steilen Hinabfahrt, auch seine Frau und der Kammerrat zu ihm, der letztere von Jonathan geführt und, des Schwindels wegen, mit zugemachten Augen.

Und in der Tat, sie hatten wohlgetan, sich lieber ihren Füßen als dem Wagen anzuvertrauen; denn dieser, im letzten Nachtquartier nur notdürftig hergestellt, erlag jetzt den Stößen des holprichten Weges von neuem, eben als sie das Städtchen erreichten, wodurch die Gesellschaft genötigt wurde, ihren Einzug darin ebenfalls zu Fuß zu halten.

Da man nicht wußte, wie bald es möglich sein würde, den Wagen nachzubringen, so griff der Kammerrat nach dem Flaschenfutter und seiner Pfeife, der Professor vor allen Dingen nach seinem Paradiesvogel, Karoline nach ihrer Reisetoilette und dem Haushahn, und nachdem sie ihrem Mann noch ein paar Schachteln unter den Arm geschoben, setzte sie an der Spitze des Zuges sich in Bewegung.

Sie mußten bei der großen Promenade vorbei.

Der heitre Abend hatte dort viel elegante Welt versammelt. Die seltsame Karawane zog aller Augen auf sich. Einige Herren, begierig sowohl den Inhalt der beiden großen Käfige, als auch die schöne Trägerin des einen näher kennenzulernen, kamen aus der Haupt-Allee herüber, und da sie den buntgefiederten Vogel erblickten, erinnerte sich einer von ihnen, eine Abbildung desselben einst gesehen zu haben, und schrie plötzlich: »Ein Paradiesvogel, ein Paradiesvogel!« Dieser Ruf flog schnell die Promenade hinab, hundert Kehlen wiederholten: »Ein Paradiesvogel, ein Paradiesvogel!« Der Professor sah sich mit seinen Begleitern bald überall von Neugierigen umringt, bescheidene und unbescheidene Fragen stürmten von allen Seiten auf ihn ein, und nur mit Mühe gelang es ihnen, sich Platz zu machen durch das Gedränge. Als sie aber das Ende der Promenade erreichten, hatte das Gerücht von dem wunderbaren Vogel auch schon unter der dort auf dem Platze spielenden Jugend um sich gegriffen: sie wurden also auch hier, nur noch lauter, von dem Geschrei: »Ein Paradiesvogel, ein Paradiesvogel!« empfangen und verfolgt; der Haufe wuchs mit jedem Augenblicke, alle Fenster öffneten sich, die Leute eilten aus den Häusern herbei, das halbe Städtchen kam in Aufruhr, bis sie endlich, eines Gasthofes ansichtig werdend, schnell sich dort hinein retteten. Der Kammerrat bat den Wirt inständigst, die Haustür zu verschließen. Doch lange noch erschallte es draußen auf der Straße: »Ein Paradiesvogel, ein Paradiesvogel!«

»Ein sauberer Einzug!« rief Karoline mit zornglühendem Gesicht, als sie sich auf ihrem Zimmer allein sahen. – Der Professor suchte den scheu gewordenen Vogel mit liebkosenden, jedoch ganz leisen Worten zu beruhigen.

»Den Hals dreh' ich diesem abscheulichen Tiere noch heute um!« fuhr jene fort. »An allem Unglück ist es schuld!«

Der Kammerrat stopfte eine Pfeife, setzte sich auf das Sofa und sprach: »Die Schuld an allem Unglück ist der Vorwitz. Wer sich in die Gefahr begibt, der kommt darin um. Ein vernünftiger Mensch bleibt zu Hause und ich in Zukunft auch!«

»Aber ein Beweis ist doch«, sagte der Professor, als seine Frau am Schluß einer langen Philippika das Zimmer verließ – »ein Beweis, daß man hier den Wert eines Paradiesvogels zu schätzen versteht.«

Am folgenden Morgen erschien eine Einladung zum Tee von einer fremden Fürstin, die ebenfalls hier das Bad gebrauchte. Die Professorin machte in der Überraschung dem goldbeblechten Bedienten einen tiefen Knicks.

Doch, setzte dieser hinzu, möchten der Herr Professor ja den Paradiesvogel nicht vergessen mitzubringen.

»Siehst du, mein Kind«, rief der Professor triumphierend, »was es mit einem Paradiesvogel auf sich hat!«

Bestens geschmückt, der Professor mit Haarbeutel und seidenen Strümpfen, begaben sich alle drei gegen Abend nach der Wohnung der Fürstin. Jonathan folgte mit dem Vogel. Als die Flügeltür sich öffnete, schien die zahlreich versammelte Gesellschaft sie schon zu erwarten. Alles drängte sich mit neugierigen Blicken um sie her. Die Fürstin begrüßte sie mit vieler Herablassung, fragte nach dem Zweck ihrer Reise und nach der Art, wie sie zu dem seltnen Vogel gekommen. Darauf wurde ein Tisch in die Mitte des Zimmers geschoben und der Käfig daraufgesetzt, um allen zugleich bequem zu werden. Die Damen überboten einander in Ausrufungen des Entzückens über das prachtvolle Gefieder; ein sehr beliebter Dichter, der sich in der Gesellschaft befand, bezeigte laut seine ungemeine Zufriedenheit, hier endlich durch den Augenschein die alberne Fabel widerlegt zu sehen, daß der Paradiesvogel keine Füße habe und immer in den Lüften schwebe; einige andere Herrn aber, des Anschauns müde, traten an den Professor bescheiden an und ersuchten ihn, doch nun auch etwas von den Kunststücken zum besten zu geben, die ohne Zweifel in des Vogels Vermögen ständen; und als jener mit einigem Unwillen versicherte, der Wert desselben bestehe in etwas ganz anderm als in Kunststücken, die er nicht verstehe, zog die Fürstin ihn auf die Seite und sprach: sie wisse wohl, wie der Besitz eines solchen Vogels von unschätzbarem Werte sei, und wie besonders die Eier desselben von wunderbarem Wohlgeschmack und äußerst nährender Kraft wären; wenn er daher einige von diesen Eiern ihr überlassen wolle, so werde sie mit Vergnügen sich zu einer sehr reellen Erkenntlichkeit verpflichtet fühlen. Dem Professor brach der Angstschweiß aus, und kaum hatte er die Entschuldigung hervorgestottert, daß der Vogel in seinem jetzigen Zustande der Gefangenschaft keine Eier lege, da näherte sich ihm eine Deputation der jungen Frauenzimmer in der Gesellschaft, an ihrer Spitze der Fürstin Tochter, eröffnete ihm den Entschluß der anwesenden Damen, beim nächsten Balle mit Paradiesvogelfedern in den Ohren zu erscheinen und ihre zuversichtliche Hoffnung auf seine Artigkeit, daß es jeder von ihnen vergönnt werde, sich auf der Stelle eine oder zwei der kostbaren Federn auszurupfen. – Der Professor wußte nicht, was er anfangen sollte, und war keines Wortes mächtig. Die jungen Frauenzimmer, seine ängstlich verlegenen Bücklinge für höfliche Einwilligung haltend, eilten nach dem Käfig; die andern Damen blieben nicht zurück; jede wollte die erste sein, ihn zu öffnen und die Rupfung zu beginnen. Der Professor stürzte herbei, und da all sein Abwehren, all sein Bitten und Beteuern vergeblich war, machte er in der Verzweifelung endlich mit Gewalt sich Platz, ergriff den Käfig und rannte damit wie ein Besessener zur Tür hinaus, nicht ohne noch das schadenfrohe Lächeln seiner Frau und des Kammerrats im Vorüberstreifen wahrgenommen zu haben.

Von diesem Augenblick an war der Paradiesvogel um seinen ganzen Ruf gekommen. Kein Mensch wollte mehr von einem so unnützen Tiere wissen, das weder Kunststücke machen, noch Eier legen, mit dessen Federn sogar man sich nicht einmal schmücken konnte. Auf der andern Seite hatte auch dieser Abend dem Professor alle vornehmen Gesellschaften plötzlich verleidet, und obgleich Karolinens muntres und gefälliges Betragen und ihr hübsches Gesicht, noch mehr aber der Reichtum des Kammerrats, von welchem indem Nachricht eingelaufen war, ihnen die Ehre neuer und wiederholter Einladungen zuzog, so blieb doch während der ersten acht Tage jede Mühe verloren, ihn noch einmal wieder zum Mitgehen zu bewegen.

Zum Unglück fiel bald nach ihrer Ankunft übles Wetter ein; besonders hauchte gegen Abend gewöhnlich ein heftiger naßkalter Wind von dem Gebirge herab, der jeden Spaziergang untersagte. Unter diesen Umständen, ohne Bücher, und da er sein Gemüt viel zu zerstreut fühlte, um an der Vollendung seines neuesten, zu diesem Ende mitgenommenen Gedichts zu arbeiten, blieb dem Professor, in seiner Einsamkeit von langer Weile heimgesucht, nichts als die Zuflucht zu Jonathans Unterhaltung übrig.

Die unheimliche Empfindung, welche die Gegenwart des letzteren im Anfang bei ihm erregt hatte, war allmählich verschwunden und hatte sogar einer Art von Zuneigung gegen ihn Platz gemacht. Jetzt entdeckte er zu seinem großen Erstaunen auch einen in allem, was nicht das praktische Leben berührte, vielseitig gewandten und in den meisten Fächern des menschlichen Wissens wohlbewanderten Geist in ihm, der, wie es schien, oft wider seinen Willen, ja fast ohne sein Wissen in hellen Blitzen aufleuchtete. Allein was dabei des Professors Verwunderung noch höher trieb, war eine gewisse rohe Sinnlichkeit, die, zuweilen in der Tat an wirkliche Bestialität grenzend, jene geistige Bildung durchbrach und gewissermaßen in Stücke riß. Vorzüglich ward der Ausdruck seiner Begehrlichkeit bei dem Anblick irgendeiner Leckerei oder eines Glases guten Weins mitunter in Worten und Bewegungen zur seltsamsten Karikatur. Diese letztere Neigung sah ihm der Professor am willigsten nach, da sie mit seiner eignen schwachen Seite wunderbar zusammenfiel.

Daher kam es denn auch, daß eines Abends, als jener ihm mit feuriger Zunge eine höchst anlockende Beschreibung von einem trefflichen Weine machte, den der Wirt im Keller habe, er der Versuchung nicht widerstehen konnte, ihn auf der Stelle zu kosten. Jonathan ward gesandt, eine Flasche davon herbeizuschaffen und hierauf freundschaftlich eingeladen, sie mit leeren zu helfen, da der

Professor solcher edlen Gabe sich stumm und allein zu freuen durchaus nicht vermochte.

»Du herrlicher Sohn der Erde und der Sonne!« rief Jonathan, als er das erste Glas getrunken, und hob das zweite gegen das Fenster, durch welches ein brennender Abendhimmel schaute – »Ponderables Feuer! Verkörperter Himmelsgeist!

Du steigst herab, gesandt aus Himmelsräumen
vom Vater, der zum Mittler dich geweiht,
du steigst herab, den armen Erdensöhnen
das Leben mit dem Himmel zu versöhnen!«

Der Professor sah ihn erstaunt und betroffen an. »Woher zum Teufel, Lieber«, rief er endlich, »woher haben Sie das?«

»Woher?« entgegnete Jonathan. »Ja, wertester Herr Professor, wenn ich das wüßte! Es streifen gar mancherlei Dinge durch meinen Kopf, von denen ich nicht weiß, woher ich sie habe. Geht es denn aber uns Menschen überhaupt gerade mit dem Besten, was in uns ist, nicht ebenso?«

Der Professor schüttelte den Kopf und trank. Jonathan schenkte ihm schnell ein frisches Glas ein und fragte: »Wie schmeckt Ihnen der Wein?« Der Professor meinte nie einen bessern getrunken zu haben; Jonathan meinte dasselbe. Gegen diese Übereinstimmung der Meinungen aber konnte die erste Flasche sich nicht lange halten. Jonathans Vorsicht hatte schon für eine zweite gesorgt, die er aus dem Nebenzimmer herbeilangte.

Die Unterhaltung stieg indes mit jedem Glase zu höherer Lebendigkeit. Der Professor fing nach seiner Gewohnheit an, Gedichte zu rezitieren, welches Jonathan auf gleiche Weise aus dem Stegreif beantwortete, und ob jenem gleich hierbei sehr auffallende Reminiszenzen aus seinen eignen Gedichten merklich wurden, so verwunderte er sich doch jetzt fast gar nicht mehr darüber; bald nachher, als er seinen Gesellschafter ein Trinklied anstimmen hörte, welches er selbst ganz kürzlich erst gemacht, dünkte ihm dies sogar vollkommen, als müßte es so sein. Denn immer außerordentlicher entwickelte sich ein so behendes Zusammentreffen ihrer beiderseitigen Empfindungen und Gedanken, daß einer stets dem andern die

Worte aus dem Munde nahm und, wie zwischen zwei im magnetischen Rapport stehenden, jedem des Gefährten innerstes Wesen gleich einem aufgeschlagenen Buche vor Augen zu liegen schien, in welchem er sprechend las. Der Professor glaubte sich selbst zu hören, wenn Jonathan redete, und so wieder umgekehrt; und indem die dritte Flasche, die der letztere nebst einer vierten mit ziemlich unsicherm Tritt herbeigeholt hatte, zugleich mit den Dingen um sie her auch das Bewußtsein der Persönlichkeit ins Schwanken zu bringen begann, kam es dem Professor in der Tat vor, als säh' er *sich selbst* am Tisch sich gegenüber sitzen; ja, als vollends Jonathan nach einer beträchtlichen Pause, die in der Unterhaltung entstand, ihn plötzlich fragte: »Liebster Jonathan, was fehlt Ihnen? warum so nachdenkend?« – da zweifelte er nicht mehr, daß er wirklich Jonathan und dieser der Professor sei und antwortete sehr ernst: »Bester Herr Professor, mich beschäftigt eine wichtige Untersuchung. Ich denke eben darüber nach, ob ich wirklich ich bin und ob es nicht möglich ist, zugleich *ich* und zugleich *du* zu sein!«

Jonathan zog die Augenbrauen in die Höh', wie der Professor zu tun pflegte, wenn er sprach. »Mein guter Jonathan«, hub er an, »das sind Fragen, an welchen sich die Weisen aller Zeiten die Köpfe eingestoßen haben. Ich rate Euch, sie nicht weiter zu verfolgen, denn sie führen direkt zur Narrheit. In der Tat«, fuhr er nach einem Augenblick Nachsinnen lächelnd fort, »wenn ich bedenke, wie ich außer dem Professor, der ich wirklich, auch noch zugleich Jonathan, eigentlich aber eine gewisse dritte Person bin, die ich trotz der kleinen Nuance von Besoffenheit, in der meine Seele schwimmt, Euch doch nicht nennen mag, so macht mir diese Dreieinigkeit den Kopf so schwindlig, daß mein ganzes Wesen mir – –«

»Wie ein Schatten, wie ein Traum vorkommt!« fiel der Professor ein. »Richtig, Jonathan!« rief jener, »das war's, was ich sagen wollte. Schatten! Traum! Ich konfundiere mich sogar dergestalt auch mit andern Dingen der Außenwelt, daß es meinem Bewußtsein schwer wird, aus diesem Haufen Spreu mich selbst, gleich einem edlen Gerstenkorn, herauszupicken.«

Der Professor nickte beifällig und sprach: »So ist mir auch zumut, teurer Professor! Doch muß ich gestehen, von der dritten Person und der Dreieinigkeit, die Sie vorhin erwähnten, finde ich in mir keine Spur, sondern –« – »Das hat auch seine gute Ursach'«, unterbrach ihn Jonathan, »die ich aber, wie gesagt, nicht sagen mag!« – »Sondern«, fuhr der Professor fort, »es ist vielmehr eine Zweieinigkeit, ein Doppeltes, was ich in mir fühle, zu welcher Doppelansicht denn, wie mir eben in dieser Stunde der Begeisterung klar wird, meine ganze Natur überhaupt eine große Neigung zu haben scheint: denn doppelt sehe ich diese Flasche, doppelt seh' ich dieses Glas, und doppelt sitzen Sie, geehrter Freund, in diesem Augenblick mir gegenüber!«

»Wie könnt' ich's anders sehn und fühlen, Geliebter!« rief Jonathan. »Ich fühle mich *eins* und doch auch *zwei* in meiner Liebe zu dir, ja nur indem ich doppelt mich fühle, *bin* ich *eins*, denn du bist die Ergänzung meines Wesens, und also bin ich wahrhaft *ich* und *du* zugleich!«

»O Ideal der wahren Freundschaft!« schrie der Professor auf, »du edler Dualismus edler Seelen! du allein nicht verwerflicher, denn du strebst zur Einheit, ja du bist sie selbst! Wie begeisterst, wie entzündest du mich und hebst mich zugleich mit dem Geliebten hinaus über das Leben in die Unendlichkeit!«

Er erhob sich bei diesen Worten, um über den Tisch seinen Freund zu umarmen, allein er stieß dabei so heftig an den Tisch, daß dieser anfing zu schwanken: Jonathan, welcher ihn halten wollte, verlor darüber selbst das Gleichgewicht und fiel, denselben nach sich ziehend, vom Stuhle. Der Professor jedoch, unerschüttert und nur seinen Zweck im Auge, ließ sich auf der Stelle neben den Liegenden nieder, richtete ihn auf, und so, beide nebeneinander an der Erde sitzend, umarmten sie sich zärtlich.

Jonathan fischte aus den Gläser- und Flaschentrümmern die einzige ganz gebliebene auf, fand noch eine Neige darin, trank und reichte sie dem Professor hin. »Wenn jetzt«, rief dieser mit einem kleinen boshaften Lächeln, indem er die Flasche an den Mund setzte, »wenn jetzt die Frau Professorin dazu käme, sie würde doch eine ungemeine Freude haben!«

»Ich wünsche nicht, daß es geschehe!« entgegnete Jonathan. »Die Weiber haben keinen Sinn weder für Begeisterung noch für Freundschaft, und wenn meine Frau uns also sitzen sähe – es ist dir nicht entgangen, Geliebter, daß ich ein wenig unter ihrem Pantoffel stehe – –«

»Wie überhaupt in unsrer schmählichen Zeit die Idee unter dem gemeinen Leben!« ergänzte der Professor.

Jonathan fing an zu singen: »*Gaudeamus igitur, coelibes dum sumus!*« Jubelnd stimmte der Professor mit ein. Da öffnete sich plötzlich die Türe und herein trat die Professorin wirklich, begleitet von dem Kammerrat und dem Doktor Schachtheimer, den sie in der Gesellschaft getroffen hatten. Bei dem Anblick des letzteren kroch Jonathan schnell und ängstlich unter eins von den Betten, die im Zimmer standen; der Professor aber schaute mit großer Freundlichkeit den Eintretenden entgegen und bat, gleichfalls Platz zu nehmen.

»Ums Himmels willen, was ist das?« rief Karoline.

Mit lallender Zunge sprach der Professor: »Sie suchen den Herrn Gemahl? Dort ist er unter dem Bett. Belieben Sie zu hören, wie er bellt!«

In der Tat steckte Jonathan den Kopf unter dem Bette hervor und knurrte und bellte wie ein Hund. »Du, du!« rief der Doktor Schachtheimer drohend; sogleich zog jener den Kopf zurück und war still.

Karoline rang die Hände und schien ganz außer sich. Der Doktor aber sprach mit einem schadenfrohen Lachen: »Da hat sich ja das Ideal wirklich einmal zur Erde niedergelassen!« Und lachend half ihm der Kammerrat den Professor emporheben und zu Bett bringen, wo ihm, unter beständigem Protestieren, daß es sich für ihn nicht schicke, bei der Frau Professorin zu schlafen, endlich die Augen zufielen und er ruhig der morgenden Gardinenpredigt entgegenschlummerte.

Jonathan war, als man nachsah, gleichfalls eingeschlafen. Der Kammerrat beschloß, ihn zur Strafe die Nacht auf seinem Biwak zubringen zu lassen.

Siebentes Kapitel

Der Professor schämte sich den andern Tag vor sich selber, und das triumphierende Lächeln des Kammerrats sowie die Tröstungen des Doktors, in welchen er nur versteckte Bosheit sah, verletzten ihn um desto empfindlicher, je mehr er fühlte, wie sehr er beiden das Recht dazu in die Hände gegeben hatte. In seinem Unmut darüber ertrug er die Vorwürfe seiner Frau und ihre schonungslosen Anspielungen nicht mit gewohnter Gelassenheit: es kam oft zu harten Worten, welche die Spaltung zwischen beiden Gemütern noch mehr vergrößerten. Der Doktor schien geflissentlich bemüht, den leise glimmenden Funken der Erbitterung durch mancherlei hingeworfene Äußerungen zur hellen Flamme anzufachen. So entfernten sie sich immer weiter voneinander und entschiedener, als es bis jetzt geschehen, ging jedes seinen eignen Weg.

Da Jonathan gleich am andern Morgen nach jenem Auftritt verschwunden war und sich nicht wieder sehen ließ, streifte jetzt der Professor ganze Tage lang, Pflanzen und Steine suchend, einsam in der Gegend umher. In dieser Einsamkeit aber trat auf dem düstern Grunde seiner Unzufriedenheit das Bild der Sängerin im Walde um desto mächtiger und mit erneueter Glut der Farben hervor, und seine ganze Seele war ihm zugewandt in heißer Sehnsucht. – Karoline flog indes, berauscht von dem Zauber der Gesellschaft und von der Huldigung, die ihr der männliche Teil derselben darbrachte, von Vergnügungen zu Vergnügungen. Der Kammerrat und der Doktor waren dabei ihre unzertrennlichen Begleiter, und wenn jener oft ziemlich sauer dreinsah, war dieser hingegen unablässig bemüht, ihr neue Triumphe zu bereiten und in allen Stücken gefällig zu sein.

So hatte er sich unter anderm viele Mühe gegeben, ihren Hahn zu einigen artigen Kunststücken abzurichten. Die Gelehrigkeit des Schülers entsprach der wunderbaren Geschicklichkeit des Meisters. Als daher einst, auf seinen Antrieb, die Professorin in einer Abendgesellschaft damit hervortrat: der Hahn, manierlich krähend, die Stunden anzugeben, gravitätisch aus einem Haufen beschriebener Zettel auf jede Frage eine passende Antwort herauszuscharren verstand, mit liebäugelndem Kopfdrehen den Damen das Futter aus der Hand zu picken wußte, ja als endlich sogar aus einigen ihm untergelegten Eiern in kurzer Zeit lebendige Küchlein zum Vorschein kamen, da ward ihr der ungemessenste Beifall zuteil, das kunstreiche Tier selbst aber, zu ihrer Freude und zu großem Ergötzen des Doktors, auf Unkosten des ungeschickten Paradiesvogels bis in den Himmel erhoben.

Auf diese Art schien der Professor sowohl als seine Frau den eigentlichen Zweck ihres Hierseins gänzlich aus dem Gesicht verloren zu haben. Sogar die Ankunft des Doktors vermochte Karolinen nicht dem Strudel der Vergnügungen zu entreißen: sie war vielmehr sehr zufrieden, als jener ihr zwar eine gemeinschaftliche Entdeckungsreise versprach, sie aber zugleich bis in den folgenden Monat, als der zu einem Besuch des Gebirges schicklichsten Zeit, vertröstend hinausschob.

Nicht so der Kammerrat. Ihm schwebten die Schätze des alten Königs noch unverrückt vor Augen, und er hatte während dieser ganzen Zeit nach verschiedenen Seiten hin gehorcht und gefragt. Doch so viel man ihm auch von dem Dasein eines mutwilligen Bergkobolds zu erzählen wußte, der unter mancherlei Gestalten sich das Vergnügen machte, Reisende zu necken, Vorwitzige zu bestrafen und Dürftige zu beschenken, so wenig wollte man jemals von dem alten Könige und seinem Grabe gehört haben. Ein Fremder, der sich für einen ehemaligen Hauptmann in neapolitanischen Diensten ausgab, hatte allein einige Kenntnis um die Sache. Ob ihm gleich der Eingang zu dem Grabe des alten Königs nicht minder unbekannt war als allen andern, so eröffnete er doch dem Kammerrat bei genauerer Bekanntschaft, wie er nicht zweifle, mittelst seiner trefflichen Wünschelrute den rechten Fleck zu treffen. Der Kammerrat erwiderte auf der Stelle Vertrauen mit Vertrauen. Beide verbanden sich zu einem Versuche, der jedoch ohne Zuziehung des Professors und seiner Frau gemacht werden sollte, und sobald das Wetter sich günstig wies, trat der Kammerrat unter dem Vorwande einer kleinen Reise nach einem benachbarten Städtchen die Bergwanderung mit seinem Gefährten an.

»Er entläuft uns nicht!« sprach der Doktor mit einem seltsamen Lächeln, als Karoline scherzend einige Bemerkungen über den so geheimgehaltenen Zweck dieser Reise machte. »Ich halt ihn fest!«

fuhr er fort, »und früher sollt Ihr mit ihm wieder zusammenkommen, als Euch lieb sein wird.« – In seinen Augen flackerte bei diesen Worten die unheimliche Glut empor, vor der Karolinen graute und welche sie seit dem ersten Tage ihrer Bekanntschaft nicht wieder an ihm wahrgenommen hatte. Allein eben mit der Vollendung ihrer Toilette zu dem heutigen großen Konzert beschäftigt, achtete sie nicht weiter darauf.

Der Doktor hatte, trotz seinem oft geäußerten Widerwillen gegen alle Musik, dennoch ihrem Wunsche nachgegeben und wollte sie begleiten. Jetzt entschloß sich auch der Professor dazu fast mehr noch durch die Abwesenheit des Kammerrats, dessen Aufmerksamkeiten gegen seine Frau doch nicht aufhörten ihm die Galle zu erregen, als durch das Verlangen bewogen, wieder einmal gute Musik zu hören. Nach der Ankündigung des Konzerts durfte man sich etwas mehr als Gewöhnliches davon versprechen.

Eine Symphonie von Beethoven rauschte ihnen bei dem Eintritt in den hellen Saal entgegen. Sie zog den Professor bald allgewaltig mit sich fort durch das romantische Labyrinth ihrer Harmonien. Die verborgensten Gefühle seines Innern richteten im Sturm der Töne mitklingend sich in seinem Busen auf und entrückten ihn seinen äußern Umgebungen. Desto unwilliger aber fühlte er sich durch eine darauf folgende sogenannte Bravourarie mit ihren Rouladen, Trillern und Stakkatos wieder in die Wirklichkeit zurückgerissen, und während der Saal von Beifallsklatschen widerhallte, flüsterte er aufgebracht dem Doktor zu: »Welche elende Seiltänzerkunststückchen! Welche Entweihung!«

Ein Violinkonzert diente nicht, ihn zu besänftigen sowenig als eine Szene aus einer beliebten neuern Oper mit ihren Gassenhauermelodien und ihrer armseligen Harmoniespielerei. »Cherubschwert in Knabenhänden!« zürnte er von neuem: »Heilige Sanskritta in Poissardenmunde!« – Der Doktor nahm die Baumwolle aus den Ohren und lächelte über des Professors Zorn.

Da schwebten die Kronleuchter in die Höhe und verschwanden in der Decke des Saals. Halbdurchsichtige Glaslampen traten an ihre Stelle, ringsumher eine rosenfarbene Dämmerung verbreitend; die übrigen Lichter verlöschten; alles ward still. »Sie kommt! da ist sie!« lief ein Geflüster durch die Menge. Eine hohe verschleierte

Gestalt erschien, die Harfe im Arm. Kein Atemzug regte sich. Dem Professor klopfte das Herz in froher Ahnung. Die Harfe erklang, erst leise, dann immer lauter und mächtiger; in rauschenden Akkorden anschwellend bis zum gewaltigsten Fortissimo schlugen die Töne wie Meeresbrandung an jede Brust, daß sie erbebte. Karoline sah sich nach dem Professor um; ihre Wangen glühten. Indem mischte sich der Gesang in das Harfenspiel: da drückte sie die gefalteten Hände an die hochklopfende Brust. Tränen drangen aus ihren Augen, und sie rief leise: »Sie ist es!«

Auch dem Professor blieb kein Zweifel, daß es die Sängerin im Walde sei. Er vernahm die Worte nicht, die sie sang; nur den entzückenden Tönen lauschte er, die wie Himmelstau niedersanken in sein lechzendes Herz. Er bemerkte es kaum, daß der Doktor neben ihm auf einmal seinen Sitz verließ und sich durchdrängend nach der Türe eilte.

Die Sängerin hatte geendet und verschwand. Doch kein Laut regte sich im ganzen Saale; bis endlich die Lichter wieder entbrannten und die Empfindung, von der alle Herzen voll waren, jetzt erst zum Bewußtsein kommend, sich in dem ungemessensten Beifall entladete. Die Frage »Wer ist sie?« flog nun von Mund zu Mund. Allein obwohl den meisten ein Gerücht von ihrem ergreifenden Gesang und dem mächtigen Harfenton schon früher zu Ohren gekommen war, so hatten doch wenige nur sie wirklich gesehen und gehört, und keiner von allen wußte zu sagen, wer sie sei, noch woher sie stamme.

Karoline stand auf und verließ den Saal. Der Professor folgte ihr. In dem Gedränge aber ward er bald von ihr getrennt, und nur nach langem Suchen fand er sie in einem Nebenzimmer im Gespräch mit der Sängerin. Bei seinem Eintritt berührte diese Karolinens Stirn mit einem leisen Kusse: »Glaube, liebe, hoffe!« sprach sie und entzog sich schnell durch eine Seitentür seinen Blicken.

Karoline war in der heftigsten Bewegung. Sie verlangte auf der Stelle nach Hause zurückzukehren. An ihrem Busen bemerkte der Professor eine Passionsblume, eine Rosenknospe und eine kleine Ranke von Immergrün. Sie waren, wie sie sagte, ein Geschenk der Unbekannten und von dem unschätzbarsten Werte. Worin dieser jedoch eigentlich bestand, das wollte sie ebensowenig gestehen als überhaupt den Inhalt ihres ganzen Gesprächs mit jener. Sie machte sich, in Tränen zerfließend, nur immer selbst die härtesten Vorwürfe, daß sie, in eitler Lust befangen, ihres unglücklichen Kindes ganz vergessen, und bestand darauf, sogleich mit dem morgenden Tage die so lange aufgeschobene Reise ins hohe Gebirge zu unternehmen, um das Grab des alten Königs aufzusuchen, wo sie ja, nach der Verheißung der Unbekannten sowohl als des Doktors, Aufschluß über das Schicksal ihres Theodors finden sollte. Der Professor mußte noch denselben Abend einen gebirgskundigen Führer dingen, und Karoline traf emsig alle Vorkehrungen zur Wanderung.

Der Doktor ließ sich nicht wiedersehen und war selbst am folgenden Morgen nicht in seiner Wohnung zu finden. Man mußte sich daher entschließen, ohne ihn zu reisen. An seiner Stelle aber fand sich unerwartet Jonathan wieder ein, welcher sogleich bereit war zur Begleitung. Ihm sei, versicherte er, jeder Baum und jeder Stein bekannt im Gebirge, und er werde sie sicher an den rechten Ort führen. Doch warne er sie, weil es jetzt noch Zeit sei: wer das Reich des goldnen Tages verlasse, der verfalle den unterirdischen Mächten, die keines Menschen Freunde seien.

Karolinens Entschluß aber stand zu fest, als daß diese Warnung, mit so ungewöhnlichem Ernste sie auch ausgesprochen wurde, ihn hätte erschüttern können.

Achtes Kapitel

In den Tälern lagerte der Nebel; die Bergspitzen glühten im Frühlicht. Eine dichte Wolkenmasse rollte wie ein Vorhang von der Zinne des hohen Gebirges nieder, und nur durch die Lücken, welche der frische Morgenwind von Zeit zu Zeit hineinriß, schaute dieses, tiefblau, bald hier, bald da hervor wie ein dunkles Geheimnis.

Karoline ging schweigend und in sich gekehrt mit hastigen Schritten vorauf. Der Professor folgte ihr frohen Mutes und mit gleicher Eilfertigkeit; denn in seine Segel blies die Hoffnung, durch einige Worte seiner Frau erzeugt, dort im Gebirge die schöne Sängerin wiederzufinden.

»Immer bas! immer bas!« rief ihnen der Führer zu, welcher zuletzt schritt. »Mit solcher Eil' kommt man hierlandes nicht weit.« – Der Weg hob sich immer steiler; sie fanden bald durch ihre gänzliche Erschöpfung des Mannes Rede bestätigt und mußten sich bequemen, langsamer zu gehen. Jonathan, welcher unermüdlich hin- und widerspringend bald der Professorin eine seltene Blume, bald ihrem Manne einen merkwürdigen Stein zutrug, lachte sie weidlich aus.

Es offenbarte sich an ihm heut überhaupt eine ganz besondere Art von Lustigkeit und wilder Laune, die stets ausgelassener ward, je weiter sie in das Gebirge vordrangen. Er war alle Augenblicke einmal von ihrer Seite verschwunden und begrüßte sie dann unerwartet von der Spitze eines hohen Felsens herab mit gellendem Zuruf, der weit umher den Widerhall weckte, oder ließ aus dem Wipfel eines Baums ein wunderliches Konzert von Vogelstimmen erschallen, die er auf das täuschendste nachzuahmen verstand. »Gott grüß euch, Gevatter! Guten Morgen, Base!« hörten sie ihn oft hinter sich rufen; und wenn sie umschauten, wem der Gruß gelte, sahen sie ihn vor einem mächtigen Felsblock oder einer schlank emporragenden Birke stehen, mit welchen er unter lebhaften Bewegungen leise zu sprechen schien. Dabei kam es dem Professor zuweilen wirklich vor, als neigten die Bäume ihre Zweige gegen ihn und regten flüsternd ihre Blätter; ja als ihr Weg sie bei einem Wasserfall vorüberführte, schwoll der Waldstrom sichtlich, auf Jonathans Anrufen, zu doppelter und dreifacher Stärke und brauste mit so gewaltigem Ungestüm über die Klippen herab, daß sie, in Wasserstaub eingehüllt, den Boden zittern fühlten, auf welchem sie standen.

»Sie machen da eine interessante Bekanntschaft!« sagte Jonathan zum Professor. »Das ist Herr Kühleborn, Undinens Oheim.«

Als sie eine Strecke weitergegangen waren, kamen ihnen einige Bäuerinnen mit eilenden Schritten entgegen. Sie trugen leere Körbe auf dem Rücken und sahen ängstlich und erschrocken aus. »Geht nicht weiter! geht nicht weiter!« riefen sie. »Das ist heut kein guter Tag. Seht ihr nicht, wie das Gebirge braut?«

Der Professor stutzte und blieb stehen. Doch Jonathan sprach: »Kinderpossen! Was dort oben gebraut wird, das trinken die dort unten; wir nicht.« Und so schritten sie weiter. Der Führer folgte brummend.

Über eine Weile aber begegnete ihnen ein Trupp Holzhauer, die in großer Hast den Berg hinabliefen. »Ihr tätet auch wohl, wenn ihr wieder umkehrtet!« riefen diese gleichfalls. »Das haust und braust und heult dort oben heut, als ob die Hölle los wäre.«

»Laßt's gut sein!« sagte Jonathan, »wenn die Hölle los ist, so wollen wir sie wieder anbinden. Ich verstehe mich darauf, solche Ungewitter zu Paaren zu treiben.« Allein der Führer meinte, wenn sie ihre Haut zu Markte tragen wollten, so stehe dies in ihrem Belieben; *er* habe keine Lust, sich von dem Berggeiste den Hals umdrehen zu lassen. Damit bat er um seine Bezahlung, legte die Reisenotwendigkeiten, mit denen er belastet war, an die Erde, stellte daneben die beiden Käfige mit dem Hahn und dem Paradiesvogel, von welchen ihre Besitzer sich auch jetzt nicht hatten trennen wollen, und lief aufs eiligste den Holzhauern nach.

Jonathan sparte kein Zureden, um den bestürzten Professor wieder zu ermutigen und in Bewegung zu bringen; Karoline schien ohnedies unter allen Umständen zur Fortsetzung der Reise entschlossen. Der erstere belud seinen Rücken mit dem, was der Führer abgeworfen hatte; Karoline nahm ihren Hahn, der Professor endlich auch seinen Paradiesvogel, und so traten sie ihren Marsch von neuem an.

Der Wolkenvorhang rollte indes immer tiefer an dem Gebirge herab. Ein fernes Rauschen und Brausen ließ sich vernehmen, das fortwährend näher kam; der Wind, der ihnen frisch entgegenblies, ward zum Sturm; sie hörten das Krachen der Bäume, die er niederwarf, und mußten hinter einem Felsen Schutz suchen vor seiner Wut.

Plötzlich sahen sie sich rings von einem dichten Nebel umgeben. »Nun sind wir mitten in den Wolken!« rief Jonathan lachend. »Wer weiß, ob euer Pegasus euch je so hoch getragen hat, Herr Professor!« – Er kletterte lustig den Felsen hinauf; sie sahen durch den Nebel die schwankenden Umrisse seiner Gestalt in Riesengröße auf der Spitze stehen, und es schien ihnen, als raffte er mit den langen Armen den vorüberziehenden Nebel in ungeheure Bälle zusammen, die er jauchzend den Abhang hinunterschleuderte.

Währenddessen war es um sie her ganz ruhig und still geworden; Jonathan trieb herabsteigend zum Weitergehen. Die Wolken, in denen sie fortschritten, wurden aber bald so dicht, daß man kaum zwei Schritte weit vor sich sehen konnte; sie mußten einander öfters zurufen, um sich nicht zu verlieren. Karoline fühlte sich ermüdet und wünschte ein paar Stunden zu ruhen. Jonathan tröstete sie mit der Versicherung, daß eine von den einzeln im Gebirge zerstreuten Wohnungen in der Nähe sein müsse. Wirklich hörten sie eine Weile nachher das Läuten der Kuhglocken, bald sogar das Bellen eines Hundes und steuerten frischen Mutes darauf zu. Allein so wacker sie auch schritten, der willkommene Schall wollte nicht näher kommen, sondern schien vielmehr, bald rechts, bald links ertönend, immer in gleicher Entfernung vor ihnen herzuziehen. »Werden wir bald da sein?« fragte die Professorin oft. »Bald, bald!« tröstete Jonathan, wobei er allzeit heimlich vor sich hin lachte.

So waren sie bereits ein paar Stunden bergauf und bergab gestiegen; vor ihnen war es ganz still geworden; kein Laut des Lebens ließ sich spüren, keine menschliche Wohnung zeigte sich. Indes bemerkten sie, daß der Nebel mit beschleunigter Geschwindigkeit an ihnen vorüber abwärts trieb; es ward heller um sie her, und nach einer Viertelstunde waren sie gänzlich außer den Wolken. Über ihnen wölbte sich rein und heiter der blaue Himmel; zu ihren Füßen aber ruhte weithingedehnt das Gewölk, wie ein im krausen Wellenschlag erstarrtes Meer. Die Sonne, die schon tief im Westen stand, strömte ihr rotes Gold über die weiße Fläche, einzelne Bergspitzen ragten wie Inseln daraus hervor.

Jonathan erkletterte, einem Eichhörnchen gleich, den Wipfel einer Tanne, sah sich um und kehrte mit der Nachricht zurück, daß er sich verirrt habe und eigentlich nicht wisse, wo sie sich befänden. Dabei wollte er sich ausschütten vor Lachen über die Vorwürfe, in welche der Professor ausbrach, und über dessen Ängstlichkeit, sprang wie ein Besessener im Kreise umher, ja als Karoline endlich auch zürnend fragte: was denn nun aus ihnen werden solle in dieser Einöde? da nahm er in seiner tollen Lustigkeit plötzlich den Kopf zwischen die Beine und kollerte so den steilen Abhang einer Felsschlucht hinab, an welcher sie eben standen. Karoline schrie laut auf vor Entsetzen. Der Professor faßte erbleichend die Hand seiner Frau und bat, sie möchte doch lieber auf der Stelle mit ihm umkehren, als sich länger der Führung dieses aberwitzigen Kobolds überlassen. Indem aber stand dieser auch schon lachend wieder bei ihnen, kniete vor Karolinen nieder und beschwor sie, nicht zu zürnen: er könne nun einmal heut seinem Hang zum Necken nicht widerstehen; doch wolle er sich jetzt bestreben, vernünftig zu sein wie ein Professor und sie ohne weitern Aufenthalt an das Ziel ihrer Reise führen. Damit setzte er sich hin, öffnete den Speisekorb und ersuchte, gleichfalls zuzulangen, um sich zur Fortsetzung der Reise zu stärken: der Weg in die Felsschlucht hinab, der ihnen jetzt bevorstehe, sei ein wenig ermüdend, wofern sie nicht Lust hätten, denselben auf die schnelle und bequeme Art zurückzulegen, die er ihnen eben gezeigt.

Als die Professorin an den Abhang trat, bebte sie zurück vor der jähen Tiefe. Jonathan sprach ihr Mut ein. »Verlaßt euch nur ganz auf mich!« sprach er, ihr seine Hand reichend. »Es sind nun wohl schon über 320 Jahr' her – es war grade an dem Tage, da Doktor Luther zu Eisleben geboren ward –, seitdem ist es mir nicht wieder begegnet zu straucheln, ob ich gleich seit der Zeit merklich schwächer auf den Beinen geworden bin.«

Er führte Karolinen schnell und sicher, und sie hatten bereits das Ende des Abhangs erreicht, als sie zurückblickend noch an seinem

Anfang den Professor ängstlich herumrutschen sahen. Jonathan kehrte um und holte auch ihn herab.

Indes brach die Dämmerung mächtig ein. Der Weg war rauh und ungewiß. Jonathan zog eine große papierne Laterne hervor. »Ich habe gute Freunde hier in der Nähe«, sprach er, »die uns mit Feuer aushelfen werden.« Als sie um eine Felsenecke bogen, zeigten sich ihnen seitab in einem Winkel einige Irrlichter. Jener pfiff auf dem Finger, und sogleich kam, gehorsam wie ein Hündlein, eins derselben herübergehüpft, an welchem er sein Licht ansteckte. Dem Professor lief es kalt über den Rücken. »Meinen schönen Gruß, Züngelchen, an den Herrn Vater und die Frau Mutter!« rief Jonathan. »Stehe bei Gelegenheit wieder zu Diensten.« Der Irrwisch hüpfte zurück, und sie schritten weiter.

Die hohen Felsen, welche sie nahe zu beiden Seiten des Weges begleitet hatten, fingen jetzt an auseinanderzulaufen; der Pfad hob sich allmählich wieder, und mit einem Male stand der Mond wie ein leuchtendes Panier über der Zinne der Felsen zur linken Hand.

»Nun wäre mein Licht überflüssig!« sagte Jonathan. »Allein ich finde es spaßhaft, mit der papierenen Laterne dem Monde zu leuchten, und mich dünkt, es ist dies ein treffendes Bild eurer modernen Aufklärung.«

Als sie so über die gewölbte Fläche des Berghangs hingingen, aus welcher hier und da, weißglänzend im Mondenlicht, die alten Stamm- und Wurzelreste gefällter Bäume wie gebleichte Riesengebeine hervorrageten, fiel dem Professor die Sage von den Gräbern der Riesen ein, und mit halblauter Stimme erinnerte er auch seine Frau daran.

»Hm«, sagte Jonathan ernst, »ist denn nicht die ganze Erde ein ungeheures Grab? Stehen wir denn nicht überall auf dem Staube von tausend untergegangenen Pflanzen-, Tier- und Menschengeschlechtern, unter welchen der Riesenkörper der alten Zeit begraben liegt?«

In diesem Augenblick ließ sich unter ihren Füßen ein dumpfes Rauschen und Rollen vernehmen. Jonathan blieb stehen und horchte auf. »Wir sind zur Stelle!« rief er. »Der Schoß der Erde öffnet sich. Meine Hand kann euch nicht zurückhalten, denn euch treibt eine mächtigere. Fahret wohl!« – Ihnen gegenüber zeigte sich ein Licht; es schien ihnen schnell entgegenzukommen. Jonathan löschte seine Laterne aus, und plötzlich stand vor ihnen ein kleiner Mann in Bergknappentracht, das rotflackernde Grubenlicht an der Mütze, in der Hand einen schweren Fäustel tragend. Karoline erkannte sogleich den Doktor Schachtheimer. »Weh, weh!« schrie Jonathan mit entsetzlicher Stimme. »Wahre deine drei Blumen wohl, Frau, sonst seid ihr verloren!« Der Doktor hob den Hammer drohend gegen ihn, da loderte er in einer blauen Feuergarbe hoch empor, schoß mit Blitzesschnelligkeit durch die Felsschlucht hinab, und sie hörten noch lange seinen gräßlichen Weheruf, den der Widerhall hundertstimmig nachrief; so wie er aber das weißglänzende Wolkenmeer tief unter ihnen erreicht hatte, tauchte er hinein. Ein prasselnder Donnerschlag erschütterte den Boden; in der Wolkenmasse fing es an zu gären und zu toben, hohe Wogen bäumten sich empor und stießen krachend aneinander, rote Blitze zischten nach ihnen herauf, der Sturm heulte durch die Klüfte, von den Bergen herab stürzten ungeheure Felstrümmer. »Unmächtiger Zorn!« rief der Doktor, faßte Karolinens Hand und führte sie seitwärts nach dem weitklaffenden Eingang einer Höhle, die sie nun erst bemerkten. Ein hohes Portal von Basaltsäulen baute sich drüber in die Höhe. »Basalt mitten im Granit!« sprach der Professor, dem trotz seiner Furcht die mineralische Merkwürdigkeit nicht entging, kopfschüttelnd und mit klappernden Zähnen für sich hin.

Der Doktor führte sie im Innern der Höhle weiter und begann: »Ihr befandet euch in schlechter Gesellschaft; denn dieser Jonathan war niemand anders als der närrische Kobold, welcher hier im Gebirge als Werwolf, als Alp, und sonst unter tausend andern Gestalten sein albernes Wesen treibt. Ich sah ihm zu, in jener Nacht im Walde, als er aus einem Feuermanne und einigen andern Ingredienzen seine letzte Gestalt zusammenknetete, um euch zu necken. Da der Wagen eben vorüberfuhr, kamen eure poetischen Ausdünstungen, Herr Professor, mit unter den Teig, und dies mag wohl schuld sein an der großen Ähnlichkeit mit Euch.«

Der Professor sowohl als seine Frau waren noch bis jetzt nicht recht zur Besinnung gekommen und folgten dem Doktor nur maschinenmäßig. Doch endlich blieb Karoline stehen und fragte: »Aber wohin führen Sie uns, Doktor? Das muß ich wissen, ehe ich weitergehe!« – »Nun, ich meinte«, erwiderte dieser gelassen, »es wäre Euch drum zu tun, etwas von Eurem Kinde zu erfahren.« Karoline rief: »Wenn das ist, dann weiter in *Gottes* Namen!« Der Doktor schnitt eine seltsame Fratze bei diesen Worten, wandte sich und murmelte etwas vor sich hin. Dem Professor klang's, als spräche er: »Die alte Erde ist sich selber Gott! Wir brauchen keinen andern.« Da kam er sich auf einmal erst recht verlassen vor in dieser unterirdischen Einöde, und wie ein vom Zufall hingeworfener Ball, und es war ihm, als würde sein Innerstes starr wie die Felsen um ihn her. Der Doktor aber schien ihn zu erraten und auf andre Gedanken führen zu wollen, kehrte sich um und sprach: »Wie froh bin ich, daß Ihr kein Finanzminister oder sonst ein Kameralist seid: die schöne Ruhe und Stille hienieden möchten sonst am längsten gedauert haben. Wir befinden uns hier in einer mächtigen Gneisschicht, durch welche überall und in allen Richtungen die reichsten Gänge setzen. Seht hier, und hier, und da – –!«

Er strich bei diesen Worten mit ausgebreiteten Fingern langsam über die Felsenwände hin, und überall, wo er sie berührte, fingen sie an in rotem, grünem und weißem Lichte zu erglänzen, und das bunte Feuer zündete in verschiedenen Richtungen weiter und bildete leuchtende Adern, die mit wunderbarer Pracht das dunkle Gestein durchzogen. »Ihr seht«, rief der Doktor lächelnd, »ich verstehe mich auch ein wenig aufs Magnetisieren.«

Immer schneller abwärts ging es nun bei dem Schein dieser bunten Erleuchtung, und immer geräumiger ward es um sie her.

Kaum vermochte der Blick die Höhe des Gewölbes über ihnen zu erreichen. Der Paradiesvogel hatte sich seit dem Eintritt in die Höhle schon sehr unruhig bezeigt, jetzt war's als ob die seltsamen Lichter, die aus den Felsen strömten, ihn ganz wild und toll machten. Der Professor blieb stehen und öffnete den Käfig, den Vogel zu besänftigen: da ersah sich dieser die Gelegenheit, schlüpfte aus der Türe und flog lustig flatternd davon. Der Professor schrie laut auf, warf den Käfig an die Erde, und alles andre vergessend, setzte er in großer Eil' dem Flüchtling nach. Der Vogel ließ sich von Zeit zu Zeit auf eine vorragende Klippe nieder, ihn erwartend; doch sobald jener nahe genug kam, um ihn greifen zu können, entschwang er sich allzeit von neuem seinen Händen. So trieben sie es eine Weile.

Endlich fiel dem Professor ein, sich nach seinen Gefährten umzusehen: mit Entsetzen bemerkte er, daß es hinter ihm ganz finster geworden war. Nur vorwärts dämmerten noch die bunten Felsenadern an den Wänden hin. Eine unaussprechliche Angst überkam ihn, da er sich auf einmal so allein und verlassen sah, er wollte rufen und doch wagte er es nicht, denn ihm war, als müßte er, statt seiner Stimme, irgendeinen andern gräßlichen Laut vernehmen. Rings um ihn war Totenstille; er hörte nichts als das bange Klopfen seines Herzens. So stand er, und durch seine Glieder schlich ein allmähliches dumpfes Erstarren. Der Paradiesvogel schwebte in weiten Kreisen über seinem Haupte, flog dann wieder eine Strecke vorwärts und kehrte von neuem zurück, als wollte er ihn auffordern ihm weiter zu folgen. Und indem er so hin und wider flog, löste sich eine Feder aus seinem Fittich und sank herab, und als sie den Boden berührte, da ertönte der Felsen in einem wunderbar lieblichen Dreiklang, welcher durch die weiten Hallen zitterte. Mit diesem Tone kehrte neues Leben in des Professors Brust zurück, er ermannte sich und faßte den Entschluß, sich der Führung seines Paradiesvogels zu überlassen.

Indes war Karoline ihrem Führer gleichfalls weiter gefolgt. Als sie den Professor in einem Seitengange verschwinden sah, ward sie zwar besorgt, rief ihn bei Namen und wollte ihm nacheilen ; allein der Doktor versicherte, jener Gang stoße nach einem ganz kurzen Umwege wieder mit dem ihrigen zusammen, und dort würden sie ohne Zweifel den Verlornen wiederfinden, der es nicht wagen werde, allein weiter vorwärts zu gehen.

»Und wenn wir ihn nicht wiederfänden?« setzte er nach einer Weile lächelnd hinzu: »würde Euer Kummer denn so groß, würde Euer Verlust nicht zu ersetzen sein? Ihr paßt ja doch nicht füreinander und vertragt Euch nimmer.«

Karoline sah ihn mit Erstaunen an, denn seine ganze Gestalt wuchs höher bei diesen Worten, die Bergmannsmütze war verschwunden: ein Reif von blitzenden Steinen wand sich um seine Stirn; seine Augen funkelten. »Alle Schätze dieses unterirdischen Reichs liegen zu deinen Füßen!« fuhr er fort, ihr die Hand entgegenstreckend. »Wirf diese Blumen weg, die du am Busen trägst, und reiche mir die Hand, so sind sie dein.« Sie standen, indem er dies sagte, an dem Rande eines Felsenabsturzes. Karoline sah hinunter und erblickte ihren Mann, der nah an einem dunkeln Abgrunde hin, mit eilenden Schritten einer vor ihm her schwebenden weiblichen Gestalt folgte. »Du siehst, er hat dich bald vergessen!« rief der Doktor. »Sprich nur ein Wort; und er verschwindet für immer in jenem Abgrund, und du bist frei und Königin dieser Reiche.« Karoline schauderte zurück. »Dort in dem Abgrund«, begann er von neuem, »dort liegt auch dein Theodor. Die Zigeunerin raubte ihn dir, und Kräuter suchend auf dem Gebirge fiel der Knabe in einen Felsenspalt und hier herab. Dort liegt er nun und schläft den ewigen Schlaf. In meiner Macht liegt es, ihn zu erwecken. Stürzt jener hinab, so steigt dieser lebend herauf in deine Arme. Sprich!« – Karoline verhüllte bebend ihr Gesicht. »Mein Kind, mein Kind!« rief sie. »So werd' ich denn nur jenseits erst dich wiedersehen!« Ihr Begleiter lachte laut auf: »Jenseits! Jenseits! Eitler Wahn!« Er ergriff einen Stein und schleuderte ihn hinab in den Abgrund; eine graue Staubwolke wirbelte daraus empor. »Sieh da«, sprach er, »das sind die Überreste eines ganzen untergegangenen, bessern Menschengeschlechts, das dort unten moderte; Staub! Staub alle die Wünsche, Staub alle Sehnsucht, Liebe und Hoffnung dieser tausend und aber tausend nun zerfallenen Herzen, und ihr stolzes Jenseits schlang die Erde in ihren finstern Schoß! – Wirf deine drei Blumen dort hinab, den Staub zu dem Staube, und reich mir deine Hand!« Karoline aber stieß ihn, als er sie ergreifen wollte, mit Abscheu zurück, faßte die Blumen und hielt sie hoch empor: da schwand der Versucher plötzlich aus ihren Augen, sie sah sich allein und stieg mutig den Abhang hinunter, ihrem Manne zu folgen, den sie noch immer in weiter Ferne der voranschwebenden Gestalt nacheilen sah.

Diese Gestalt aber, welche der Professor mit solcher Hast verfolgte, war keiner andern als der Sängerin, der herrlichen Jungfrau im Walde, die auf einmal an die Stelle seines verschwundenen Paradiesvogels getreten war. Freundlich winkend schwebte das Trugbild vorauf und zog ihn mit aller Kraft des glühendsten Verlangens unwiderstehlich nach. Und wie er nun so aufwärts und abwärts dahinrannte, hörte er es hinter sich drein rauschen, und vernahm ein Gekrächze wie von Raben. Er blickte empor: eine Schar Vögel zog über ihm hin. Er bemerkte aber, als er genau zusah, daß es eigentlich keine Vögel waren, sondern Menschenköpfe, an welchen statt der Ohren große Rabenflügel saßen. Sie schrien und krächzten alle durcheinander, und einige, die ihm nahe kamen, riefen ihm zu: »Komm mit, wenn du auch unsterblich sein willst!« – Und wieder rauschte und trappelte es hinter ihm her, und ein Trupp mißgestalteter Zwerge zog an ihm vorbei und rief ihm gleichfalls zu: »Komm mit, komm mit, zur Unsterblichkeit!« – Er sah, daß einige auf Esel-, andere auf Hundegerippen einhertrabten, andere wieder sprengten auf stattlichen Greifen vorüber; alle aber trieben ein so entsetzliches Geschrei und Geschnatter unter sich, daß er ganz betäubt wurde. Da sie sämtlich der Jungfrau nachzogen, so hielt er sich die Ohren zu und folgte ihnen so schnell er vermochte.

So gelangten sie auf einen weiten, ebenen Platz, wo schon eine noch größere Gesellschaft ihrer zu warten schien. Im buntesten Gewirr drehte sich hier alles umher. Es war hell wie am Tage, und diese treffliche Erleuchtung ging von einer zahllosen Menge seltsamer, feuriger Tiergestalten aus, die teils an der Decke und an den Wänden in der schnellsten Bewegung durcheinanderschlängelten, teils sich unter den tollen Knäuel der übrigen Gesellschaft mischend das sinneverwirrende Getöse und Geschrei durch ihre Stimmen noch vermehrten. »Wir sind die Lichter!« quäkten die einen. »Wir sind die Dichter!« schnarrten die andern. »Wir sind Flammen!« schrien jene. »Wir reimen's zusammen!« jauchzten diese. Und so ging die rasende Litanei immer lauter und schneller fort ins Unendliche. Die Wut zu reimen steckte alles an, der verwegenste Unsinn schwirrte dem Professor um den Kopf, daß er fürchtete, verrückt zu werden. Er sah in der Mitte des Raumes das Bild der Jungfrau emporragen und wollte sich Platz machen durch das Gedränge; da trat einer von den Zwergen an ihn heran, in einer Hand trug er eine Schlange, in der andern einen ungeheuern Frosch, und sprach: »Steht mir doch bei, lieber Herr, und gebt mir einen guten Rat, wie ich diese beiden widerspenstigen Bestien zusammenreimen soll!« Und ein zweiter sprang herbei und rief: »Possen! Ich will Euch das ganze Geheimnis zeigen.« Er hatte in jeder Hand ein Häufchen Erde, und aus diesen Häufchen sproßten zwei Blumenstengel empor, an ihrer Spitze zwei bunte Blumen hervortreibend, wovon die eine mit sehr großen Staubfäden, die andere mit einem gleichen Pistill versehen war: die Blumen neigten sich gegeneinander, und in dem Augenblick ihrer Begattung entstand ein lieblicher Klang. »Da habt Ihr den Reim!« sprach der Zwerg. »Was wollt Ihr mehr?« Der Professor drängte sich weiter durch. Einer von den Greifenrittern sprengte ihn an und sagte: »Wie? Ihr wagt es, Euch der Herrin zu nahen, und seid nicht frei? Glaubt Ihr, wir wissen es hier unten nicht, daß Ihr an einen Vers gebunden seid, mit dem Ihr Euch im Leben nicht reimen werdet? Ich rate Euch, macht Euch los von ihm, sonst ist's um all Eure Poesie geschehen und um die Unsterblichkeit obendrein.« Dem Professor fing es an zu schwindeln, und er eilte, sich von dem Ritter loszumachen.

Da stand endlich das herrliche Frauenbild vor ihm, nach welchem sein innerstes Wesen sich sehnte; er lief darauf zu und breitete in heißem Verlangen seine Arme nach ihm, es zu umfassen. Als er aber ganz nahe kam und seine Augen zu ihm erhob, sah er, daß es nicht die milden Züge der Jungfrau waren, sondern ganz andre, fremde, vor denen er sich entsetzte und zurückbebte. Da streckte die Gestalt ihre Hand aus und berührte seine Stirn, und das Haar auf seinem Haupte ward zur Flamme, die hoch emporloderte. Ein wildes Jauchzen erhob sich; vor seinen Blicken begann alles sich im Kreise zu drehen; die ganze Versammlung sprang und tanzte mit den ausgelassensten Gebärden singend und jauchzend um ihn her; er fühlte sich wider Willen mit hingerissen in den tollen Wirbel und sprang und sang und reimte Unsinn zusammen wie die übrigen. Der Greifenritter machte sich wieder an ihn: »Sieh«, rief er, »da kommt dein hinkender Vers! Streich ihn aus: hier ist die Feder!« Er reichte ihm mit diesen Worten einen blitzenden Dolch hin; der Professor faßte ihn, wandte sich um und erblickte seine Frau. Sie schien ihn zu suchen. Auf ihrer Schulter saß der verhaßte Hahn. In seinem rasenden Wahnwitz sprang er auf sie zu. Karoline aber - denn sie war es wirklich - als sie ihren Mann mit brennendem Kopfe daherstürzen sah, lief ihm entgegen, griff mutig und entschlossen in die Flammen und drückte sie aus. Erst als sie es getan hatte, ward sie gewahr, daß sie die Handschuhe von Asbest, das Geschenk des Doktors, zufällig an den Händen trug.

Der Professor sank, zur Besinnung kommend, reuevoll vor ihr nieder; doch sie hob ihn schnell empor. »Weiter, weiter« rief sie, »es ist keine Zeit zu verlieren!« und zog ihn mit sich fort durch die wogende Menge. Noch lange hörte sie ihr Geschrei und Gelächter hinter sich drein erschallen.

Allmählich aber ward es still und einsam um sie her. Nur einzelne belebte Feuerklumpen streiften hoch über ihnen an dem Gewölbe hin, und der Professor dankte Gott in seinem Herzen, also aus der Gewalt der abscheulichen Larven erlöst zu sein.

Als sie eine kurze Strecke gewandert waren, gelangten sie an einen großen See, und indem sie an seinem Ufer, einen Ausweg suchend, hingingen, zeigte sich ihnen bald noch ein zweiter von noch größerm Umfang. Jener war weiß und klar, dieser blutrot von Farbe. Ein breiter Damm trennte beide. Und als sie so davor weilten, unschlüssig, ob sie über den Damm hinweg ihren Weg fortsetzen sollten, fuhr ein scharfer Windstoß über die Fläche des weißen Sees, der alsbald anfing zu sieden und zu schäumen und sich in spitzen Wellen erhob; und aus den Wellen drangen klagende Stimmen, die riefen: »Vergelte! Vergelte!«

Darauf fuhr der Wind auch über den roten See und regte ihn auf, und die roten Wellen riefen: »Räche, räche!« – Sie standen, und heftiges Grausen wandelte sie an vor diesen herzzerschneidenden Stimmen.

»Habt ihr das Rufen noch nicht satt?« sprach plötzlich jemand hinter ihnen, und sich umsehend, erkannten sie den Doktor Schachtheimer, der in seiner gewöhnlichen Gestalt, in dem erdfarbenen Kleide mit den goldnen Knöpfen bei ihnen stand.

»In jenem See«, fuhr er fort, »seht ihr die Tränen aller schuldlosen Dulder auf der Erde. Sie fordern nun ihren Lohn. In diesem hier schäumt alles ungerecht vergossene Blut, das Blut der Ermordeten, das Blut der Millionen, welche die Eroberer geschlachtet. Und seit vielen hundert und tausend Jahren rufen nun jene ihr: Vergelte! und dieses sein: Räche, räche! hinauf in den Himmel, aber vergebens, denn dort oben ist kein Ohr, das ihren Ruf vernimmt.«

Karolinens Herz erbebte bei diesen Worten; Entsetzen rieselte kalt durch ihre Adern, sie wollte fliehen und fühlte sich wie festgewurzelt an den entsetzlichen Fleck, wo sie standen. Und hinter ihnen erhob sich ein verworrenes Getöse; Geschrei und Jauchzen ließ sich hören; es rauschte, zischte, rasselte und klapperte immer näher herbei, und auf einmal sahen sie sich von neuem mitten unter der abscheulichen Versammlung, welcher sie vor kurzem erst entronnen waren. In höchster Angst ergriff der Professor die Hand seiner

Frau und zog sie mit Gewalt auf dem Wege über den Damm mit sich fort. Allein die Höllenbrut folgte ihnen auf dem Fuße; das feurige Gewürm, Schlangen. Salamander, Molche und Drachen stürzten sich in den Tränen- und Blutsee, daß die Wogen zischend und prasselnd emporspritzten, und kamen schwimmend mit ihnen zu gleicher Zeit auf die andre Seite. Überall, wohin sie sich wandten, traten die scheußlichen Larven in ihren Weg. »Wie reimt sich das? Nun reim uns das! Wir reimen's nicht zusammen!« so schallte es ihnen im Chor von allen Seiten entgegen; ein gräßliches Hohngelächter folgte hinterdrein. Karolinen vergingen die Sinne; sie vergaß des schützenden Blumenstraußes an ihrer Brust; ihre Hand hatte auch die Kraft nicht mehr, sich zu erheben und ihn zu fassen. Sie fühlte sich schaudernd dem Wahnsinn nahe; der Professor sah in Todesangst den Augenblick kommen, wo das wütende Heer ihn wieder mit sich fortreißen würde in den Strudel seines rasenden Treibens. Da richtete der Hahn auf Karolinens Schulter sich in die Höhe, schlug mit den Flügeln und krähte dreimal mit lauter Stimme. Ein Donnerschlag krachte durch die Gewölbe. Im Nu war das ganze Gewirr um sie her zerstoben und verschwunden. Sie standen beide allein nebeneinander in tiefster Nacht.

»Gib mir deine Hand, Karoline«, sagte der Professor nach einer langen Pause, »wenigstens wollen wir miteinander sterben.« Karoline aber, die in dieser Stille schnell Besinnung und Entschlossenheit wiedergefunden hatte, faßte ihre drei Blumen und hielt sie in der Hand empor. Aus jedem Blumenkelch brach ein lichter Schimmer durch die Nacht. Sie sahen sich um. Der weiße und rote See hinter ihnen war verschwunden; vor ihnen öffnete sich ein weites Felsentor.

Sie schritten hindurch: ein geräumiger Gang empfing sie, weiter in die Tiefe führend. Kein Laut regte sich als der Widerhall ihrer Tritte. Schweigend setzten sie ihren Weg fort, und obgleich, wie rasch sie auch schritten, der lange Gang gar kein Ende nehmen wollte, spürten sie doch nicht die geringste Ermüdung; ihre Kräfte schienen vielmehr mit jedem Schritte zuzunehmen. Ein leises Lüftchen, das von Zeit zu Zeit balsamische Düfte auf seinen Fittichen tragend, ihnen entgegenhauchte, erquickte sie wunderbar und belebte ihre Brust geheimnisvoll mit dem süßen Schauer einer freudigen Erwartung.

Endlich erweiterte sich der Gang; es begann heller zu werden vor ihnen, und indem der Weg eine kleine Beugung machte, standen sie mit einemmal an dem Eingang eines ungeheuern Doms. Eine breite Treppe führte wohl mehr als hundert Stufen hinab, und aus dem Grunde herauf strebten, von den mächtigsten Felsblöcken übereinandergetürmt, rings an den Wänden zahllose Riesenpfeiler in die Höhe, auf denen die unabsehliche Wölbung ruhte. Ein sanftes Dämmerlicht, aus dem Gestein hervorströmend, erfüllte den Raum. In der Mitte des letzteren schien sich, so weit ihr Auge reichte, ein langhingedehnter Hügel zu erheben; schimmernde Farben bedeckten ihn, und vor ihnen, nicht weit von dem Ende der Treppe, lief er in zwei dicht nebeneinander hoch emporragende Felsenstücke aus. Mit klopfenden Herzen stiegen sie hinab. Und als sie den Boden erreicht hatten, wurden sie inne, daß der Hügel nichts anders sei, als eine liegende Menschengestalt von ungeheuerer Größe, in kostbare bunte Teppiche und Gewänder eingehüllt, und was sie für zwei hohe Felsstücke gehalten, das waren die emporragenden Füße derselben. Da merkten sie nun wohl, daß sie wirklich in dem Grabe des alten Königs sich befanden: eine frohe Ahnung hob ihre Brust und wehrte dem Grauen, welches sie bei dem Anblick des Riesenkörpers ergreifen wollte.

Sie wurden gewahr, daß hier und da aus den Klüften des Gesteins lichte Nebel quollen, welche dann die mannigfaltigsten und seltsamsten Formen annahmen, ja zuweilen sich in menschliche Bildungen gestalteten, die mit bedeutender Gebärde den Finger an den Mund legend an ihnen vorüberstreiften; doch ließen sie sich dadurch nicht irren, sondern schweigend zwar, aber rasch und mutig, drangen sie immer weiter vor.

Da kamen sie an eine Stelle, wo große Haufen Gold und Silber aufgeschichtet lagen, und mitten darunter saß auf einem hohen steinernen Sessel eine Figur, die einen mächtig großen Fliegenwedel hin und her bewegte, damit einen Schwarm geflügelter Menschenköpfe, wie sie deren früher schon gesehen, von den Goldhaufen hinwegscheuchend. Die wunderlichen Vögel schienen durch eine Öffnung oben in dem Dome herabzukommen, und manche Gesichter darunter dünkten ihnen recht bekannt. Und als sie näher traten, sahen sie mit Erstaunen, daß die Figur auf dem hohen Sessel niemand anders war, als der *Kammerrat*.

Er schien sie gleichfalls zu erkennen: sein Gesicht verzerrte sich ganz jämmerlich, Tränen rollten ihm über die Backen, die Lippen bewegten sich schnell, als ob er spräche, aber sie vernahmen keinen Laut. Dabei fuhr sein Arm mit dem Fliegenwedel immerfort perpendikelartig hin und wider. Sie machten ihm Zeichen, herabzusteigen, allein er schüttelte traurig mit dem Kopfe, und seine Tränen flossen von neuem. Da sie nun kein Mittel sahen, ihn zu befreien, so mußten sie ihn wenigstens vor der Hand seinem Schicksal überlassen und konnten nichts als ihn schmerzlich bedauern, obgleich sie wohl ahnten, daß es eine gerechte Strafe seiner Habsucht sei.

Sie hatten nun das ungeheuere Gewölbe in gerader Richtung durchschritten: das gegenseitige Ende zeigte sich nahe vor ihnen. Ihre Blicke richteten sich wieder auf die liegende Riesengestalt. Sie unterschieden die auf der hohen Brust gefalteten Hände; wie ein Staubbach, der über Felsen stürzt, floß der Bart in weißen Wellen an den mächtigen Schultern nieder, und dahinter sahen sie endlich das gewaltige Haupt, die Augen geschlossen, die königliche Binde um die Stirn, auf reichen Polstern ruhen. Mit ehrfurchtsvollem Schauer standen sie von fern und betrachteten das ernste Gesicht, welches selbst in dem starren Schlummer von überirdischer Hoheit strahlte.

So war denn nun in der Tat erreicht, was sie so lange kaum zu hoffen, so lag denn in frischer Wirklichkeit vor ihnen, woran sie kaum wie an die Verheißung eines herrlichen Traums zu glauben gewagt hatten! Sie zweifelten nun nicht länger, daß auch das übrige in Erfüllung gehn, und hier ihnen Nachricht werden würde von ihrem verlornen Kinde. Und indem Karoline sich nun wandte und forschend umhersah, woher diese Kunde ihnen kommen möchte, da erblickten sie nicht weit davon zwischen zwei Pfeilern ein Ruhebett, von zwei steinernen Sphinxen getragen, auf welchem ausgestreckt die Gestalt eines Knaben lag. Zitternd vor Freude und vor ängstlicher Erwartung, mit ungestüm klopfendem Herzen, faßte sie ihres Mannes Hand und zog ihn mit sich fort. Und als sie näher kamen, und als sie dem Knaben ins Gesicht schauten, siehe! da erkannten sie die geliebten Züge ihres Theodor!

Aber das Gesicht war bleich und starr, die Augen waren geschlossen. Laut weinend sank Karoline auf ihre Knie und streckte die Arme nach ihm aus. In der bangen Ungewißheit, ob er schlummere, oder ob er wirklich tot sei, wagte keins von ihnen den Knaben anzufassen, denn sie fürchteten die teure Gestalt vielleicht in Staub zerfallen zu sehen bei der Berührung.

Rat und Hülfe suchend, in höchster Angst, sendete Karoline ihre Blicke umher, und sie ward gewahr, daß jeder der steinernen Sphinxe einen goldnen Ring im Munde trug: wie ein Lichtstrahl fiel der Gedanke in ihre Seele, die Kraft dieser Ringe zu erproben. Sie sprang auf, ergriff einen derselben und berührte mit dem darin gefaßten roten Steine leise die Stirn des Knaben. Da hob sich seine Brust, eine schwache Röte, ein Morgenrot der höchsten Seligkeit für Karolinen, erblühte auf den blassen Wangen, er schlug die Augen empor, schaute um sich und lispelte: »Mutter, liebe Mutter, bist du da?«

Im Übermaß der Wonne warf sich Karoline von neuem vor dem Bett nieder und bedeckte des Knaben Hände und sein Gesicht mit Tränen und heißen Küssen.

»Seltsame Dinge habe ich geträumt!« fuhr dieser ganz leise fort. »Ich glaubte fern, fern von euch zu sein, und siehe! Da bist du, und da ist der Vater auch!« – Der Professor nahm ihn in seine Arme, hob ihn empor und drückte ihn an seine hochklopfende Brust. Dann aber schnell, als fürchte er ihn abermals zu verlieren, winkte er seiner Frau, und sie traten miteinander den Rückweg an, ohne sich weiter nach den kostbaren Gerätschaften, nach den Pergamentrollen und nach den Schätzen umzusehen, die rings zwischen den Pfeilern aufgestellt schimmerten: denn den kostbarsten Schatz trugen sie ja als ihre Beute mit sich davon!

Als sie an die Stelle kamen, wo der Kammerrat auf seinem steinernen Stuhle saß, fiel es Karolinen ein, auch hier die Wirkung des Ringes zu versuchen, den sie noch in der Hand trug. Sie strich damit über den Stein hin: der Kammerrat warf freudig den großen Fliegenwedel weg, kletterte von dem Sessel herab und vereinigte sich mit ihnen. Er wollte sogleich anfangen zu sprechen und zu erzählen, allein Karoline drückte ihm die Finger auf den Mund und zog ihn hinter sich drein.

So stiegen sie die breite Treppe hinauf, legten den Gang zurück und schritten durch die weiten Hallen. Der Professor trug seinen Knaben; Karoline ging, die eine Hand des Kindes in der ihrigen haltend, nebenher; der Kammerrat folgte. Finster, öde und stille war es überall; mit großen Pausen nur grollte tief unter ihnen ein dumpfer Donner. Der Schimmer der drei Blumen erleuchtete ihren Pfad.

Endlich nach langem Steigen bemerkten sie vor sich in der Höhe einen lichten Punkt, der immer größer ward: die Blumenkelche hörten auf zu leuchten, und sie sahen mit Bangigkeit einem neuen Abenteuer entgegen. Allein bald wurden sie mit Freuden gewahr, daß das Licht vor ihnen die Öffnung der Höhle war, durch welche der Tag hereinbrach. Ein leiser Wind hauchte durch das Gewölbe: fröhlich atmeten sie wieder die Luft der Oberwelt. Nur wenige Schritte noch, und sie standen oben im Freien und begrüßten mit Entzücken den blauen Morgenhimmel, und schlugen ihre Blicke dankend zu ihm auf.

Und da sie sich abwärts nach der bekannten Felsschlucht wandten, sahen sie auf einer Klippe, an welche die ersten Strahlen der Morgensonne schlugen, die Jungfrau stehen, anstatt der Harfe eine hohe Lilie in der Hand. Über ihrem Haupte kreiste der Paradiesvogel, im Sonnenglanz die wunderbare Pracht seines Gefieders entfaltend. Freudig streckte der Professor die Arme ihr entgegen. Jedes irdische Begehr aber nach der herrlichen Gestalt war aus seiner Brust gewichen; in reiner Begeisterung loderte sein Herz zu ihr empor, und wie eine milde Frühlingssonne stand sie fortan über seinem Leben, jede schöne Blüte desselben von ihr stammend und ihr geweiht.

Sie neigte freundlich den Lilienstengel gegen Karolinen und rief: »Bewahre deinen Ring, du hast ihn dir erworben!« – Aus der Felsschlucht wallten leichte Morgennebel an der Klippe hinauf, umhüllten sie und stiegen, eine goldne Wolke bildend, in die blauen Lüfte empor. Als der Felsen wieder im Sonnenlicht strahlte, war die Jungfrau verschwunden. Der Paradiesvogel aber kehrte zu dem Professor zurück und setzte sich vertraulich auf seine Schulter.

»Wenn sie nur wenigstens vorher noch für eine rechtschaffene Kollation gesorgt hätte!« seufzte der Kammerrat leise. Auch der Knabe fing an über Hunger und Durst zu klagen. Es war daher allen eine willkommene Erscheinung, als sie auf der Stelle, wo Jonathan sie gestern verließ, den Speisekorb mit den übrigen Sachen wiederfanden. Erquickt begann nun der Kammerrat zu erzählen von seinen Abenteuern: wie er, von dem verruchten Italiener, der ohne Zweifel der Böse selbst gewesen, durch manchen teuflischen Spuk hindurch in die Tiefe geführt und endlich von ihm verlassen, den ungeheuern Dom erreicht habe; wie ihm bei dem Anblick der unermeßlichen Schätze das Herz aufgegangen, als er aber zum Lohn für so viel Angst und Not sich nun die Taschen füllen wollen, unsichtbare Hände ihn ergriffen und auf den steinernen Sessel gebannt hätten, um die abscheulichen Larven fortzuwedeln. Besonders beklagte er sich bitterlich über eine derselben, die seinem, während eines Erbschaftsprozesses mit ihm verstorbenen Stiefbruder ganz ähnlich gesehen und ihm auf eine entsetzliche Weise zugesetzt habe.

Indem er nun noch so sprach, erhob sich ein heftiger Wirbelwind, der sie in eine Wolke von Staub und welken Blättern einhüllte und endlich einen dürren Baumzweig zu des Professors Füßen zurückließ. Karoline bemerkte einen daran gebundenen Zettel, hob ihn auf, und auf dem Zettel standen die Worte: "Jonathan seinem David!" Lächelnd über das seltsame Geschenk gingen sie weiter; allein immer schwerer ward es in Karolinens Händen, und als sie den Badeort am Fuße des Gebirges erreicht hatten, da sahen sie mit Erstaunen, wie der Zweig von gediegenem Golde war, und der Kammerrat wehklagte, daß er nicht für sich auch wenigstens eine Ladung von den dürren Blättern mitgenommen.

Schon der folgende Tag fand sie auf der Heimreise. Mit einer ganz andern Empfindung fuhr jetzt Karoline durch die reizenden Täler, und die mannigfach gestalteten Berge kamen ihr vor wie die Buchstaben einer unbekannten Schrift, in welcher die Natur eins ihrer schönsten Geheimnisse niedergelegt. – Dankbar und mit Wehmut blickten sie scheidend auf den blauen Gebirgszug von der Anhöhe zurück, wo er sich ihnen zuerst gezeigt; der Kammerrat jedoch konnte seine Freude nicht meistern, als sie sich wieder in der flachen Ebene befanden, und die Türme seiner Vaterstadt ersehend, schwur er hoch und teuer, dies sei seine letzte Gebirgsreise gewesen in diesem Leben, und auch in jenem, hoffe er, werde ihn der liebe Gott mit Bergen verschonen.

In dem Haushalt des Professors aber schlugen Friede, Freud' und Einigkeit von nun an ihre Wohnstatt auf; jeden Gegensatz, jeden

Widerspruch zwischen ihm und seiner Frau glich die gemeinschaftliche Liebe zu ihrem Kinde aus: in ihr hatten die lange getrennten Herzen sich wiedergefunden. Sogar der Hahn und der Paradiesvogel vergaßen ihrer alten Feindschaft, wurden treue Gefährten und pickten friedlich nebeneinander ihre Körner aus *einer* Schüssel.

Der Kammerrat meinte, das alles gehe nicht mit natürlichen Dingen zu, sondern rühre von dem Zauberringe her, und er wolle nur wünschen, daß seine Kraft von langer Dauer sein möge. Und Karoline nickte freundlich mit dem Kopfe und sprach lächelnd: Amen!

Eigene Buchreihe oder eigenen Verlag gründen

Seit 2009 bietet tredition sein Verlagskonzept auch als sogenanntes "White-Label" an. Das bedeutet, dass andere Unternehmen, Institutionen und Personen risikofrei und unkompliziert selbst zum Herausgeber von Büchern und Buchreihen unter eigener Marke werden können. tredition übernimmt dabei das komplette Herstellungs- und Distributionsrisiko.

Zahlreiche Zeitschriften-, Zeitungs- und Buchverlage, Universitäten, Forschungseinrichtungen u.v.m. nutzen diese Dienstleistung von tredition, um unter eigener Marke ohne Risiko Bücher zu verlegen.

Alle Informationen im Internet: **www.tredition.de/fuer-verlage**

tredition wurde mit mehreren Innovationspreisen ausgezeichnet, u. a. mit dem Webfuture Award und dem Innovationspreis der Buch Digitale.

tredition ist Mitglied im Börsenverein des Deutschen Buchhandels.

Dieses Werk elektronisch lesen

Dieses Werk ist Teil der Gutenberg-DE Edition DVD. Diese enthält das komplette Archiv des Projekt Gutenberg-DE. Die DVD ist im Internet erhältlich auf **http://gutenbergshop.abc.de**